미친 세상과 사랑에 빠지기

VERLIEBT IN DIE VERRÜCKTE WELT

: Betrachtungen, Gedichte, Erzählungen, Briefe

by Hermann Hesse, zusammengestellt von Ursula Michels-Wenz

Mit einem Vorwort von Volker Michels

© Insel Verlag Frankfurt am Main und Leipzig 2003

All rights reserved by and controlled through Insel Verlag Berlin.

Korean Translation © 2024 by Yolimwon Publishing Group

The Korean language edition is published by arrangement with

INSEL VERLAG ANTON KIPPENBERG GMBH & CO. KG

through MOMO Agency, Seoul.

HESSE

미친 세상과 사랑에 빠지기

VERLIEBT IN DIE
VERRÜCKTE WELT

헤르만 헤세 지음 폴커 미헬스 엮음 박종대 옮김

열린책들

그 모든 아픔에도 나는 여전히
이 미친 세상과 사랑에 빠져 있다.

"그 모든 아픔에도 나는 여전히 이 미친 세상과 사랑에 빠져 있다." 헤르만 헤세가 짧게 가지치기를 한 떡갈나무에 관해 쓴 유명한 시의 마지막 행이다. 이 시는 온몸 곳곳이 짧게 잘려 나갔음에도 계속 새로운 잎을 틔우는 나무의 예를 들어 자연을 대하는 우리의 이면을 지적하고, 그럼에도 우리에게 자연처럼 용기를 잃지 말라고 격려한다.

이 작가는 나무의 가지치기가 꼭 필요한 일이라고 생각하는 사람이었음에도, 평생 살아 있는 모든 것과 사랑에 빠졌다. 그러다 남들이 비통해하거나, 체념하거나, 냉소적으로 변할 때면 오히려 위기를 성장의 기회로 보면서 새로운 저항력을 키우라고 하며, 독자들에게 삶이 아무리 힘들어도 버티라고, 그런 상황을 더 나은 성장을 위한 발판으로 삼으라고 북돋았다.

이러한 재생력은 헤세의 문학에서 여러 방식으로 형상화되어 있다. 심지어 그런 힘은 그의 정치적, 문화비평적인 글들과 독자 편지에 대한 무수한 답장들에서도

7

주된 모티브로 작용한다. 이 책에서는 헤세의 성찰과 편지 중에서 특히 그런 세계관이 잘 표현되어 있는 것들을 뽑아 독자들에게 전달하고자 한다. 국경과 세대를 초월해 헤세를 현재의 개인적 생활 방식의 선두 주자로 만들어 준 것도 바로 그런 글들이다. 왜냐하면 그는 한 사람 한 사람을 모두 진지하고 중요하고 진기한 존재로 받아들이고, "세상의 현상들이 똑같은 방식으로 반복되지 않고 오직 단 한 번만 그렇게 교차되는 점"(『데미안』)으로 여기기 때문이다.

그사이 이 작가의 전 세계적인 부흥에는 여러 가지 이유가 있겠지만, 그중에서도 이 세상의 유일무이한 개인이 자기 속의 잠재력을 충분히 펼칠 수만 있다면 인간의 삶과 문화는 더욱 풍요롭고 다양해지리라는 생각이 큰 몫을 차지한다.

헤세가 죽고 몇 년 뒤 미국에서는 뜻밖의 일이 일어났다. 베트남 전쟁에 반대하던 젊은 세대들이 헤세를 발견해 냈는데, 1970년대 이후 그것이 전 세계적인 현상으로 굳어진 것이다. 독일 문학사에서는 유례가 없던 일이었다. 지금까지 그의 책은 60여 개 언어로 번역되었고, 세계적으로 1억 부 넘게 팔렸다. 그런데 헤세 생전에 발표된 작품은 전체의 절반이 채 되지 않는다. 방대한 유고는 1965년부터 단계적으로 발굴되었다. 색감이 다채롭고 표현력이 강한 3천여 점의 수채화는 말할 것도 없었다. 그러다 오래지 않아, 총 20권에 1만 4천여 페이지 분량의 첫 번째 전집이 출간되었는데, 거기엔 그의 중요한 문화 비평 및 정치적 고찰, 자전적 저작, 칼럼, 일기까지 총망라되었다. 독일 문학을 새로운 차원에서 풍성하게 하는 사건이었다.

헤르만 헤세[1877~1962]는 생전에 이미 나이를 떠나 기성세대의 경직된 생활 방식에 저항하는 젊은 작가였다. 그 자신도 부모 집으로 대변되는 세상의 굴레에서 벗어나고자 했듯이, 그의 책에 등장하는 주인공들도 자신의 내적 성향에 반하는 온갖 형태의 외적 강요에 저항

9

한다. "중요한 것은 개인적인 것이다!" 삶을 긍정하는 이 모토는 적극적이고 지혜롭고 책임감 있는 사회봉사를 위한 전제 조건이다. 이것을 지금껏 헤세만큼 강렬하고 설득력 있게 묘사한 작가는 드물다. 그는 인간과 문명의 황폐화와 판에 박힌 동질화에 반대하고, 개성 넘치는 개인의 차별화를 갈구하기 때문이다. 헤세는 모든 개인을 각각의 유전적 구성과 외모, 필체, 목소리, 사고방식에 따라 모방할 수 없는 고유하고 독창적인 인간이 되기 위한 자연의 실험으로 간주한다. 그러나 사회는 이런 가능성의 일부만 허용한다. 우리는 나이가 들고 문화들이 점점 비슷해질수록 점점 더 많은 가능성을 알아서 포기하고, 자신의 재능을 점점 더 적게 발휘한다. 게다가 기술의 완벽화로 인간의 일자리는 무수히 사라지고 있다. 헤세는 이 모든 것을 현대사회에 나타나는 병폐의 주된 원인으로 꼽는다. 그의 모든 책은 우리 속의 잠재력을 깨닫고, 이를 실행할 수 있는 분야를 찾고, 어서 빨리 적응하라는 사회적 압박에 저항하라고 가르친다. 왜냐하면 우리는 그래야만 우리 자신과 하나가 될 수 있을 뿐 아니라, 일도 더 의욕적으로 즐겁게 하고, 그로써 공동체에 더 유익한 존재가 될 수 있기 때문이다. 그게 심드렁하게 의욕 없이 사는 것보다 우리의 본질에 한층 더 맞다.

헤세의 견해에 따르면, 오늘날 "정치권력이 있는 곳"에서는 "정치적 이성"이 거의 작동하지 않기에 "재앙을 막거나 완화하려면 비공식적인 집단의 지성이 유입"되어야 한다.

이와 같은 정신적 자극은 헤세의 전 작품에 스며들어 있다. 문명 비판적인 『페터 카멘친트』에서부터 학업에 치인 한 학생의 비극적 삶을 다룬 『수레바퀴 아래서』, 제1차 세계대전 이후 토마스 만이 그 감동적 전율을 괴테의 『젊은 베르테르 슬픔』에 비교한 『데미안』, 부르주아지의 해체를 다룬 『황야의 이리』, 그리고 모든 학제의 통합적 유토피아를 꿈꾼 『유리알 유희』에 이르기까지 말이다. 이 마지막 작품의 주인공은 대안적 교육 이

상향 역시 관료주의와 비사회적 자기 목적에 매몰되기 시작하자 그곳을 떠난다.

지금껏 거의 다섯 세대 전부터 헤세를 읽는 독자층은 주로 14~35세 사이의 젊은이들이다. 아직 이상을 꿈꾸고, 사회에서 되도록 자신에게 의미 있는 일을 찾고자 하는 사람들 말이다. 이들은 헤세의 작품에서 격려와 응원을 느낀다. 그의 작품들은 외부의 평준화 압력에 맞서 자기만의 개인적이고 고유한 영역을 지키라고 끊임없이 말하기 때문이다. 그런데 그 시기를 지나 양보와 굴복 없이는 버틸 수 없는 생업 전선에 뛰어들면 많은 사람이 헤세를 불편하게 여긴다. 그의 책을 읽으면 자신이 예전의 이상을 배신하고 있음을 깨닫기 때문이다. 그러다 가식적 삶을 살았던 생업 전선에서 은퇴하면 이 작가와 청춘의 선한 의지로 다시 돌아가는 사람이 적지 않다. 이것이 헤세의 독자 통계에서 청년층과 노년층이 최상위를 차지하고, 반면에 소위 사회에서 기득권을 형성하는 연령대는 거의 보이지 않는 이유다.

헤세 저술의 테마는 정치, 문학, 음악, 회화, 종교, 정신분석, 교육, 행복, 유머, 사랑, 청춘, 노년, 죽음에 이르기까지 굉장히 다채롭다. 게다가 그의 인상적인 자연 및 풍경 묘사와 여행기는 무척 간명하고 사실적이어서 따로 해석에 의지하지 않고도 바로 이해할 수 있다. 이는 그의 책 속에 꾸며 낸 것이 거의 없다는 사실과도 관련이 있어 보인다. 그건 작가가 우선적으로 대중이 아닌 자기 자신을 위해 글을 쓰기 때문이다. 헤세는 이런 식으로 삶과 시대가 개인에게 부여한 여러 문제들, 그러니까 재능 있고 양심적인 사람이라면 더더욱 어려움에 빠질 수밖에 없는 문제들을 해결하고자 한다. 그는 모든 걸 직접 체험했고, 엄청난 고통 속에서 글을 쓸 때가 많았기에, 복잡한 이슈도 지극히 단순한 방식으로 표현하는 데 성공한다. 다른 문화권에서 자란 사람조차 그의 글 안에서 자기 자신을 발견할 만큼 보편적인 정서와 시적 정확성으로 말이다. 그의 문체는 전통적인 체취가 날 때가 더러 있다. 1877년에 태어났기에 19세기의 영향에서 완전히 벗어날 수 없었기 때문이다. 게다가 오랜 세월이 지나다 보면 언어는 녹슬기 마련이다. 하지만 그런 문체 사이로 너무나도 가슴에 와닿는 내용이 설득력 있게 번뜩이다 보니 독자들은 그런 형식적인 부분에 별로 개의치 않는다.

항상 불우한 자들의 편에 서서 개별적인 것을 옹호하던 헤세는 뛰어난 정치 작가이기도 하다. 최초의 자발적 망명 작가로서 그는 1912년에 이미 군국주의적 독일을 떠나 스위스에 전쟁 포로 구호소를 설립했고, 20세기 전반부의 독일 정치에 대해 처음에는 언론의 영역에서, 나중에는 실질적인 행동과 저술을 통해 강력히 의문을 제기했다. 각 시대에 항상 체제 순응적인 태도를 견지했던 독일 지식인들은 그의 그런 행동을 잊지 않았다. 예나 지금이나 헤세의 전 세계적인 인기를 인정하지 않으려는 사람들도 바로 그들이다. 따라서 1차세계대전 중에는 물론이고 그 이후에는 더더욱, 인간성에 대한 헤세의 호소는 시대에 뒤떨어진 인도주의적

도취로 폄하되었고, 자기비판에 대한 격려는 도피적 내향성으로 비난받았다. 그는 1917년에 이렇게 썼다. "전쟁은 세계를 앞으로 나아가게 하지 않는다. 오히려 발목을 잡고, 사람들의 열정을 일시적으로 새로운 목표에 던지게 해서 이르든 늦든 사회적 고통을 예전보다 더 비참하고 끔찍하게 키울 뿐이다."

그 밖에 헤세의 문학에는 기독교의 실패와 관련해서 유럽 중심주의의 극복도 나타난다. 다른 문화와 신앙, 특히 아시아권의 문화와 종교를 작품 속에 끌어들인 것이다. 이유는 분명하다. 이들 문화는 수천 년 동안 전쟁 없이 유지되어 왔기 때문이다. 그는 기독교가 절대적 권위와 불관용을 내세워 너무 오랫동안 배제해 온 것들이 힌두교와 불교, 도교에서 상호 유사한 상징들로 표현되어 있음을 발견했다. 이 역시 보수적 기독교주의자들에게 의심을 불러일으켰다. 특히 아시아 국가들에서 인기가 많은 『싯다르타』나 『유리알 유희』 같은 작품에 담긴 초교파적 영성 때문에 더더욱 그러했다.

그러나 이보다 더 큰 매력은 그의 인간적인 고결함이다. 헤세에게 윤리와 미학은 서로 상충되지 않고 자기만의 방식으로 조화를 이루고 있다. 그 세대 작가들에게서는 보기 힘든 미덕이다. 그는 작가로서 말한 대로 살았다. 세상과의 타협을 거부하고 삶의 마지막까지 상처받으며 살았다. 후기의 한 시에 이렇게 적혀 있다.

파편 산과 폐허 더미가
세상이 되었고 내 삶이 되었다.
나는 울면서 항복하고 싶었다,
이 저항만 없었다면.

나를 버티게 하고 나를 지켜 주는
영혼 저 깊은 곳의 저항만 없었다면,
나를 괴롭히는 것이 결국
찬란한 빛으로 향하리라는 믿음만 없었다면.

여러 시인들의 이 천진한 믿음,

모든 지옥 저 높은 곳에

영원히 꺼지지 않는 빛이 있으리라는

이 비이성적이고 끈질긴 어린아이의 믿음만 없었다면.

헤르만 헤세는 토마스 만과 슈테판 츠바이크와 더불어 그 세대 작가 중에서 가장 선량하고, 타인에 대한 연민이 넘치고, 꼿꼿하게 자신을 지킨 사람이다. 그의 삶과 작품은 마지막 순간까지 나머지 없이 딱 떨어지는 방정식과 비슷해 보인다. 그것은 독자의 질문에 대한 그의 무수한 답변뿐 아니라, 삶을 좀 더 다채롭고 의미 있고 살 만한 것으로 만드는 작업과 인간을 인간답게 만드는 일을 작가의 사명으로 삼은 과거와 현재의 동료 작가들을 사심 없이 치켜세운 수많은 서평을 봐도 알 수 있다.

폴커 미헬스

가지치기를 한 떡갈나무

나무여, 이렇게 잘려 나간 모습이라니,
이렇게 기이하고 낯설게 서 있는 모습이라니!
얼마나 고통스러웠을까,
네 속에 반항과 의지밖에 남지 않을 때까지!
나는 너와 같다. 고통스럽게 베어지는
삶을 끝내지 못했고
날마다 야만의 고통을 견뎌 내며
또다시 저 빛 속으로 얼굴을 내민다.
내 안의 연약하고 부드러웠던 것을
세상은 죽도록 조롱했지만,
내 본질은 파괴될 수 없는 것.
나는 만족하고 화해하며,
가지를 수백 번 찢어 참을성 있게
새로운 잎을 틔워 내고,
그 모든 아픔에도 나는 여전히
이 미친 세상과 사랑에 빠져 있다.

_1919년 7월

인생은 무의미하고 잔혹하고 어리석습니다. 그럼에도 찬란하지요. 인생은 지혜롭기에 인간을 비웃지 않지만(정신도 인생의 일부이기 때문입니다), 지렁이만큼이나 인간에게 관심이 없습니다. 그런데도 오직 인간만이 자연의 변덕이자 잔인한 유희라고 생각하는 것은 인간이 스스로를 너무 과신해서 꾸며 낸 실수입니다. 우리는 일단 인간이 새와 개미보다 결코 더 중하지 않고 오히려 더 가볍고 아름답다는 사실을 알아야 합니다. 또한 삶의 잔혹함과 죽음의 불가피성을 원망스럽게 받아들일 게 아니라 그 절망을 충분히 음미하면서 수긍해야 합니다. 우리가 자연의 그 소름 끼치는 무의미함을 온전히 인정할 때에야 그 거친 무의미함에 맞설 수 있고, 거기서 하나의 의미를 만들어 낼 수 있습니다. 그것이 인간이 할 수 있는 최고의 것이자 유일한 일입니다. 나머지는 다른 동물이 더 잘합니다.

슬픔을 견디고 절망을 음미하되 이해할 수 없음과 고통, 무의미함을 인간이기에 가치 있는 모든 일에 대한 전제 조건으로 바라보는 법을 배우십시오. 기독교인이든 아니든, 나중에 당신이 당신의 신앙을 어떻게 표현할지는 모두 똑같습니다. 인간이 스스로 만들어 낸 신들 외에 다른 신은 없습니다. 인간이 스스로 만들어 낸 것들 외에 다른 정부나 법률, 도덕도 없습니다. 민족들은 대규모로 그렇게 하고, 개인은 소규모로 하는 차이만 있을 뿐입니다. 개인은 의미 없는 것에 의미를 부여하고, 혼돈에 맞서 자신의 예감과 의미에 대한 욕구를 내세우고, 마치 신이 존재하는 것처럼, 이 모든 것에 하나의 의미가 있는 것처럼 사는 법을 배웁니다. 살기 위해서 필요한 것은 더 이상 없습니다.

젊은이를 포함해 대부분의 사람이 이런 질문조차 던지지 않는 것은 또 다른 문제입니다. 삶의 무의미함이 지렁이에게 결코 고통이 아니듯 대다수 사람들도 그렇게 생각합니다. 고통에 사로잡혀 의미를 찾기 시작하는 소수의 사람만이 인간이라는 의미에 부합합니다.

__1931년의 한 편지에서

모든 사람이 하나의 고유한 인격체가 되는 것은 아닙니다. 대다수의 사람은 서로 구분이 안 되는 견본으로 남고, 자기만의 고유한 개인이 되어야 할 필요성을 깨닫지 못합니다. 그런 필요성을 깨닫고 체험한 사람은 그 투쟁이 자신들을 평균적인 삶과 정상적인 생활 방식, 인습적이고 일상적인 시민적 삶과의 충돌로 이어진다는 사실도 분명 알게 됩니다. 이 상반된 두 가지 힘, 즉 자기만의 고유한 삶에 대한 열망과 환경에 대한 적응 요구가 부딪치면서 고유한 인격체가 생겨납니다. 혁명적인 체험 없이 그런 인격체는 생겨나지 않습니다. 인격체의 수준 역시 당연히 사람마다 다릅니다. 평균적인 삶이 아닌 진정으로 개인적이고 독특한 삶을 꾸려가는 능력이 서로 굉장히 다르듯이…….

한창 성장 중인 청년이 고유한 개인이 되려는 강한 열망을 갖고 있고, 그래서 평균적이고 일상적인 삶에서 강하게 이탈할수록 남의 눈에 미친 사람처럼 보이는 것은 어쩔 수 없는 일입니다.

따라서 나는 당신이 올바른 길을 가고 있다고 믿습니다. 당신이 그 필요성을 느끼고 있기 때문이지요. 하지만 그게 당신의 '광기'를 세계에 강요하거나 세계를 혁명하라는 뜻은 아닙니다. 그건 당신의 내면에 깃든 이상과 꿈이 시들지 않도록 세계에 맞서 자신을 지키라는 뜻입니다. 이러한 꿈의 아성인 우리의 어두운 내면세계는 끊임없이 위협받고, 동료들에게 조롱받고, 교육자들에게 기피되고 있습니다. 그건 고정된 상태가 아니라 끊임없이 만들어져 가는 과정입니다.

우리 시대는 청년기의 섬세한 사람들을 특히 힘들게 합니다. 사람들을 획일화하고 최대한 개성을 말살하려는 시도들이 곳곳에 만연하니까요. 우리의 영혼은 이에 단호히 맞서야 합니다. 그렇고말고요.

_1929년 2월의 한 편지에서

네, 인간성에 절망하는 데는 다 그만한 이유가 있겠지요. 하지만 절망 또한 이성적인 행위가 아니기에 우리는 이성과 인내로 버텨야 하고, 안 되면 멋쩍은 유머를 동원해서라도 이겨 내고자 노력해야 합니다.

__1949년 8월의 한 편지에서

나는 훗날 사람들이 우리 시대에 대해 이야기할 때, 종교적인 차원에서 사회를 과대평가하고, 개인의 사명에서 사회적 사명으로 '도피하려는' 경향을 언급하게 될 거라고 생각합니다. 전체 사회와 관련된 것은 무엇이든 개인의 문제보다 그 자체로 무조건 더 낫고 신성하다는 이 견해에 나는 동의할 수 없습니다. 사회적인 성향과 사회에 대한 의무는 우리의 많은 성향과 의무 중 하나이며, 중요하기는 하지만 유일한 것도 최고의 것도 아닙니다. 왜냐하면 사실 '최고의' 의무는 존재하지 않기 때문이지요. 옛 문화에서 신과 연결된 경건한 사람은 당연히 사회적으로도 가치 있는 사람으로 인정받았습니다. 실제론 그가 신과의 개인적인 관계에만 집중했음에도 말입니다. 고대 중국인들도 그랬고, 인간의 모든 시대가 그랬습니다. 도덕적이고 가치 있고 바람직하고 완벽해 보이는 사람은 장군이든 은자든 항상 신과 직접적으로 관계하는 법을 아는 사람이었습니다. 그가 만일 자기 자리에서 인간의 존재 이유, 즉 실현 가능한 최고의 가치 있는 사람으로 스스로를 성숙시키는 일을 수행해 나갔다면, 그는 자연스럽게 타인과 사회, 국가에 선량한 영향을 끼치는 귀하고 중요한 인물이 되었습니다.

__1932년 12월의 한 편지에서

인생은 계산도 수학 도식도 아닌 기적이다. 내 평생이 그랬다. 모든 것이 되돌아왔다. 똑같은 곤경, 똑같은 욕망과 즐거움, 똑같은 유혹이. 나는 계속 같은 모서리에 머리를 찧었고, 같은 연憐들과 싸웠고, 같은 나비를 쫓았다. 항상 같은 상황과 상태가 반복되었다. 하지만 그건 영원히 새로운 놀이였고, 항상 아름답고 항상 위험하고 항상 흥분되었다. 나는 수천 번도 넘게 신이 나서 들떠 있었고, 수천 번도 넘게 죽도록 피곤했으며, 수천 번도 넘게 유치했고, 수천 번도 넘게 늙고 차가웠다. 다만 어떤 것도 오래 지속되지는 않았다. 모든 게 항상 되돌아왔지만, 한 번도 예전과 똑같지는 않았다. 내가 다양성 다음으로 좋아하는 통일성은 지루하거나 칙칙하거나 정신적이거나 이론적인 통일성이 아니다. 그건 삶 그 자체다. 놀이로 가득 차고, 고통으로 가득 차고, 웃음으로 가득 찬.

__『요양객』(1923) 중에서

네, 다행스럽게도 인도인과 로마인, 유대인의 눈은 굉장히 다릅니다. 국가와 문화, 언어를 통칭해서 '나무'라 할 수 있습니다. 하지만 개별적으로 보면 어떤 것은 보리수이고, 어떤 것은 단풍나무이고, 어떤 것은 가문비나무입니다. 인간의 정신은 이론의 옷을 입든 입지 않든 항상 개념화와 일반화, 전형화의 경향을 보입니다. 정신은 '나무'라는 일반적인 개념에 만족하는 반면에 우리의 몸과 영혼은 '나무'라는 개념으로는 어찌할 바를 모르고, 보리수와 떡갈나무, 단풍나무를 사랑하고 필요로 합니다. 예술가가 사상가보다 신의 심장에 더 가깝게 다가갈 수 있는 것도 어쩌면 그 때문일지 모릅니다. 만일 신이 헬라어가 아닌 인도어와 중국어로 자신을 표현했다면 그건 결함이 아니라 풍요로움입니다. 신성神性의 모든 현상을 하나의 개념으로만 요약하고자 한다면 떡갈나무나 밤나무는 생겨날 수 없고, 기껏해야 '나무'만 존재하겠지요.

__1955년의 한 편지에서

나무들

　나무는 내게 항상 가장 강렬한 설교자였다. 나는 민족 및 가족과 함께 사는 나무들, 그러니까 숲과 정원에 있는 나무들을 숭배한다. 물론 그보다 더 숭배하는 것은 홀로 서 있는 나무다. 그런 나무는 고독자와 비슷하다. 그것도 모종의 약점 때문에 슬쩍 도망쳐 버린 은둔자가 아니라 베토벤이나 니체처럼 스스로 외로움을 자청한 위대한 고독자다. 나무 우듬지에서는 세계가 바스락거리고, 뿌리는 무한 속에 박혀 있다. 그러나 나무들은 거기에 매몰되지 않고 생명의 온 힘을 다해 오직 하나를 추구한다. 그들에게 내재한 자기만의 법칙에 따르고, 자기만의 고유한 형태를 만들어 나가고, 자기 자신을 표현하는 일이다. 아름답고 강한 나무보다 더 거룩하고 모범적인 것은 없다. 나무가 톱날에 베어져 태양 아래 죽음의 상처를 고스란히 드러낼 때 우리는 나무의 묘비에 해당하는 그루터기의 환한 원반에서 나무의 전체 역사를 읽을 수 있다. 온갖 투쟁과 고통, 질병, 온갖 행복과 번성이 나이테와 유착 흔적에 충실히 적혀 있다. 가난했던 시절과 풍요로웠던 시절, 무사히 이겨낸 공격, 오래 지속된 폭풍우의 흔적까지. 세상의 모든 농부는 단단하고 귀한 목재일수록 나이테의 간격이 좁고, 고산 지대와 지속적 위험이 있는 곳에서 가장 질기고 단단한 모범적인 줄기가 자란다는 사실을 안다.

나무는 성스러운 존재다. 나무에 말을 걸 줄 알고, 그들의 소리에 귀를 기울일 줄 아는 사람은 진실을 듣는다. 나무는 이론과 현실적인 처방을 가르치지 않고 개체에 상관없이 생명의 근원 법칙을 설파한다.

나무는 말한다. 내 안에는 하나의 핵과 하나의 불꽃, 하나의 생각이 숨어 있다. 나는 영원히 사는 생명이다. 영원한 어머니가 나를 갖고 했던 실험과 그 결과는 유일무이하고, 나의 형체와 피부의 혈관도 유일무이하며, 내 우듬지 나뭇잎의 미세한 유희와 내 껍질의 아주 작은 흉터까지 유일무이하다. 나의 소임은 이런 인상적인 유일무이함 속에서 영원을 형상화하고 보여 주는 것이다.

나무는 말한다. 나의 힘은 신뢰다. 나는 내 아버지들에 대해 아는 것이 없고, 해마다 내게서 생겨나는 수천 명의 자식들에 대해서도 아는 것이 없다. 나는 마지막 순간까지 내 씨의 비밀을 지키며 살고, 다른 것은 내 관심사가 아니다. 나는 신이 내 안에 있다고 믿는다. 나는 나의 소명이 거룩하다고 믿는다. 나는 이런 믿음으로 산다.

우리가 너무 슬퍼서 더는 삶을 버틸 수 없을 때면 나무가 우리에게 말을 건넨다. 마음을 가라앉혀! 마음을 가라앉히고 나를 봐! 인생은 쉽지 않지만 그렇다고 어렵지도 않아. 그건 유치한 생각이야. 네 안의 신이 속삭이는 소리에 귀를 기울이면 그런 생각들은 잠잠해져. 지금껏 네가 어머니와 고향으로부터 너무 멀리 떨어져 있어서 그렇게 두려운 거야. 하지만 어머니에게 돌아갈 수 있어. 용기를 내어 매일 한 걸음 한 걸음씩 내디뎌 봐. 고향은 여기나 저기 있는 게 아냐. 고향은 네 안에 있어. 아니면 어디에도 없든가.

저녁에 바람에 살랑거리는 나뭇잎 소리를 들으면 나는 방랑에 대한 그리움으로 가슴이 찢어진다. 한참 동안 가만히 그 소리에 귀를 기울이고 있노라면 방랑에 대한 그리움도 그 본질과 의미를 드러낸다. 그것은 겉으로 보이는 것처럼 고통에서 도망치려는 마음이 아니라, 고향에 대한 그리움이자 어머니의 기억에 대한 그리움이자 삶의 새로운 비유에 대한 그리움이다. 이 그리움이 우리를 집으로 이끈다. 모든 길은 집으로 향하고, 모든 발걸음은 탄생이자 죽음이고, 모든 무덤은 어머니이다.

우리가 그런 유치한 생각으로 불안해하는 저녁이면 나무는 그렇게 바스락거리며 말을 건다. 나무는 우리보다 오래 살기에 생각도 한결 깊고 차분하다. 나무는 우리가 그들의 말을 듣지 않더라도 우리보다 지혜롭다. 하지만 우리가 나무의 말에 귀 기울이는 법을 배우면 우리의 얇고 조급한 생각도 비할 바 없는 기쁨에 젖는다. 나무의 말에 귀 기울일 줄 아는 사람은 더 이상 나무가 되고자 하지 않는다. 지금의 자기 외에 다른 어떤 것도 되려는 갈망이 없다. 그것이 고향이다. 그것이 행복이다.

_1918년

분명 '운명'은 있습니다. 그러나 운명은 우리를 장난 감처럼 갖고 노는 외부의 맹목적인 힘이 아니라, 한 인간이 이 세상에 올 때 갖고 온 재능과 약점, 그리고 다른 물려받은 요소들의 총합입니다. 의미 있는 삶의 목표는 이런 내면의 목소리가 외치는 소리를 듣고 가능한 한 그에 맞춰 사는 것입니다. 젊을 때는 그게 좀 힘들어 보입니다. 인격은 아직 완성되지 않았고, 소망은 이리저리 변덕을 부리고, 거기다 경우에 따라서는 자신의 본질에 맞지 않는 목표도 얼마든지 추구할 수 있기 때문입니다.

따라서 올바른 길로 나아가는 방법은 이렇습니다. 자기 자신을 깨닫되 _스스로_에 대해 판단하거나 _스스로_를 바꾸려 하지 말고, 우리 속에 예감의 형태로 미리 그려져 있는 삶의 모습으로 최대한 가깝게 다가가는 것입니다. 모든 위대한 시인들이 한결같이 하는 말이지요. 특히 노발리스는 "운명과 마음은 한 개념의 다른 이름"이라고 말하기도 합니다.

__1931년 9월의 한 편지에서

음악가가 음표로 연주하듯 선하신 신은 우리를 갖고 연주하십니다. 뭐, 그렇더라도 우리는 최대한 순수하게 우리 자신의 음으로 노래를 부르고 싶어 합니다. 각자 자기 음으로 말이죠. 우리는 그런 노래들이 모여 선하신 신을 위한 연주회가 되길 희망합니다.

_1932년 1월 초의 한 편지에서

우리 같은 사람들은 삶이 쉽지 않으며, 환경이 잔인하거나 유치하다고 느낄 때가 많습니다. 하지만 우리는 이 환경에서 도망치지 않고 환경을 바꾸려고도 하지 않습니다. 다만 피해가 없는 한에서 우리가 줄 수 있는 최대치를 환경에 주고, 환경을 사용하고, 환경에 순응합니다. 마치 우리가 우리 자신의 본능에 해당하는 몸을 사용하고, 몸의 본능이 더 강할 때는 그에 순응하는 것처럼 말입니다.

_1938년 7월의 한 엽서에서

나는 당신이 머리로만 너무 많은 것을 찾고 있다는 인상을 받습니다. 그렇지 않다면 자연의 잔혹성에 대해 그런 말을 할 수는 없을 테니까요. 가슴으로 보면, 당신이 자연의 잔혹성을 발견한 것처럼 모든 자연의 근본 원리로서 사랑도 쉽게 발견할 수 있을 것입니다. 그건 어려운 일이 아닙니다. 인생에서 당신이 타인을 돕고 무언가가 되어야 할 사명감을 느끼는 지점에서 시작해 보십시오. 그런 다음 겉으로만 이기적으로 보일 뿐인 '자연'의 이기심에 당신이 실제로 따르고 있는지, 아니면 오히려 이타심을 자신의 사명감으로 받아들이면서 가슴속에서 그 요구를 인정하려고 하는지 자문해 보십시오. 그 뒤 당신의 가슴이 결정하는 대로 따르십시오.

인생은 당신이 의미를 주는 만큼 의미가 생깁니다. 성경과 교리, 철학은 그런 의미 부여에 도움만 줄 뿐입니다. 자연, 그러니까 식물과 동물은 생각과 죄악을 모르기에 굳이 의미가 없어도 순진무구하게 잘 살아갑니다. 그러나 우리 인간은 다릅니다. 의미 없이 살아가는 건 동물보다 못한 존재가 되는 것입니다. 이기적인 쾌락에서 벗어나 최대한 사랑의 사명감을 수행할 때 인생은 의미를 얻습니다. 우리가 이 사명을 진지하게 받아들이면 '의미'는 자연스럽게 찾아옵니다.

__1933년경의 한 편지에서

쉼 없이

영혼, 너 불안에 떠는 새여,
너는 자꾸만 묻는구나,
이런 숱한 어지러운 나날 뒤에 대체
평화는 언제 오고, 안식은 언제 오느냐고.

아, 나는 안다. 땅 밑에서
고요한 나날이 시작되는 순간
새로운 그리움이 밀려오며
너의 사랑스러운 날들이 고통으로 변함을.

너는 안전해지자마자
새로운 괴로움을 찾아 헤매고,
가장 어린 별로서 조바심에 젖어
공간을 붉게 물들이는구나.

_1913년 11월

나는 너를 안다, 불안에 떠는 영혼이여. 처음으로 돌아가는 일만큼 너에게 필요한 것은 없고, 너에게 양식이 되고 물이 되고 잠이 되는 것은 없다. 네 주위에서 파도가 쏴르르 흐른다. 너는 파도이자 숲이다. 너는 숲이다. 안과 밖은 더 이상 없다. 너는 새처럼 하늘을 날고, 물고기처럼 바다를 헤엄친다. 너는 빛을 빨아들이고, 너는 빛이다. 너는 어둠을 맛보고, 너는 어둠이다. 영혼이여, 우리는 방랑한다. 우리는 헤엄치고, 날고, 미소 짓고, 섬세한 정신의 손가락으로 찢어진 실을 다시 연결하고, 파괴된 진동을 다시 서서히 멈추게 한다. 우리는 더 이상 신을 찾지 않는다. 우리는 신이다. 우리는 세계다. 우리는 죽이고, 함께 죽는다. 우리는 창조하고, 우리의 꿈과 함께 부활한다. 우리의 가장 아름다운 꿈은 푸른 하늘이고, 우리의 가장 아름다운 꿈은 바다이고, 우리의 가장 아름다운 꿈은 별이 총총한 밤이고, 물고기이고, 밝고 기쁜 소리이고, 밝고 기쁜 빛이다. 이 모든 것이 우리의 꿈이고, 하나하나가 우리의 가장 아름다운 꿈이다. 우리는 방금 죽어 흙이 되었다. 우리는 방금 웃음을 발명했다. 우리는 방금 별자리 하나를 만들었다.

목소리들이 울린다. 하나하나가 어머니의 목소리다. 나무들이 바스락거린다. 하나하나가 우리의 요람 위에서 바스락거렸다. 길은 별 모양으로 갈라지고, 하나하나의 길은 집으로 가는 길이다.

__동화「어떤 꿈의 연속」(1916) 중에서

타인의 감상성을 보고는 미워할 수 있을지 몰라도, 나는 나 자신의 감상성은 사랑할 뿐 아니라 심지어 은근히 조장하기도 한다. 감정, 부드러움, 마음의 진동에 쉽게 흥분하는 성정, 이것들은 내가 세상에 올 때부터 갖고 온 것들이고, 어떻게든 이것들로 삶을 계속 꾸려가야 한다. 만일 내가 근력이 좋아 레슬링 선수나 권투 선수가 되었다면 누구도 나보고 근력을 하찮게 여기라고 요구할 수 없다. 또한 내가 뛰어난 암산 능력으로 어떤 회사의 관리자가 되었다면 누구도 나에게 그 능력을 경시하라고 요구하지 못한다. 그런데 요즘 시대는 시인에게 그것을 요구한다. 특히 일부 젊은 시인들은 아주 당연하다는 듯이 그것을 요구한다. 시인의 본질을 이루는 것들, 그러니까 영혼의 흥분, 사랑에 빠지는 능력, 사랑하며 쉽게 불타오르는 능력, 무언가에 푹 빠지는 능력, 감정의 세계에서 전대미문의 비정상적인 것을 경험하는 능력, 다시 말해 시인이라면 강점이 될 수 있는 이런 감정적인 것들을 미워해야 하고, 부끄러워해야 하고, 또 '감상적'이라고 불릴 만한 모든 것으로부터 스스로를 지켜 내야 한다고 말이다. 글쎄, 그들은 그럴 수 있을지 몰라도 나는 아니다. 나는 세상의 어떤 이성적 투지보다 내 감정을 수천 배는 더 선호한다. 그것들 덕분에 나는 전쟁 기간 동안 투지 넘치는 자들의 감상성에 동조하지 않았고, 사람들을 향해 총탄을 퍼붓는 행위에 열광하지 않을 수 있었다.

＿『뉘른베르크 여행』(1925) 중에서

영혼에 대해

  욕망을 품은 시선은 불순하고 왜곡된다. 아무것도 바
라는 것 없이 바라볼 때만, 그 바라봄이 그저 순수한
관조일 때만 사물의 영혼과 아름다움이 우리에게 문을
열어 준다. 만일 내가 사고자 하거나, 임대하고자 하거
나, 벌채하고자 하거나, 사냥하고자 하거나, 담보로 잡
고자 하는 마음으로 숲을 본다면, 그건 숲을 보는 게
아니라 오직 내 욕망과 내 계획, 내 걱정, 내 돈지갑과
숲의 관련성만 볼 뿐이다. 그러면 숲은 그저 목재 창고
로만 보이고, 우리는 그게 젊은지 늙었는지, 건강한지
아픈지만 따진다. 그러나 숲으로부터 원하는 게 없고
'아무 생각 없이' 숲의 녹음을 바라볼 수 있다면, 그제
야 그것은 내게 숲이 되고, 자연이 되고, 식물이 되고,
아름다움이 된다.
  사람과 얼굴도 마찬가지다. 내가 두려움과 희망, 갈
망, 의도, 요구를 갖고 바라보는 사람은 인간 그 자체
가 아니라 내 욕망의 흐릿한 거울일 뿐이다. 나는 의식
하든 의식하지 않든 아주 협소하고 변조된 질문으로

그를 바라본다. 접근하기 쉬운 사람일까, 까다로운 사람일까? 나에게 관심을 보일까? 돈을 빌릴 수 있을까? 예술을 이해할까? 우리는 우리와 관계하는 대부분의 사람을 이런 수많은 질문으로 바라보고, 그의 외모나 행색, 태도에서 우리의 의도에 맞거나 맞지 않는 부분을 해석할 줄 아는 사람을 인간 전문가나 심리학자로 여긴다. 그러나 이런 태도는 가련하기 짝이 없다. 이런 식으로 사람을 보는 측면에서는 농부나 행상, 엉터리 변호사가 대부분의 정치인이나 학자보다 낫다.

　욕망이 멈추고 관조가 시작되는 순간, 그러니까 마음을 비우고 순수하게 바라보는 순간 모든 것이 바뀐다. 인간은 더 이상 유익한지 위험한지, 흥미로운지 지루한지, 다정한지 거친지, 강한지 약한지에 따라 판단되지 않는다. 사물도 그러하지만, 인간도 순수한 관조의 자세로 바라보면 자연이 되고, 아름다워지고, 독특해진다. 관조는 연구나 비판이 아니라 오직 사랑이기 때문이다. 그것은 우리 영혼의 가장 고결하고 바람직한 상태인 욕망 없는 사랑이다.

몇 분이든 몇 시간이든 며칠이든 간에 우리가 그 상태에 도달하면(항상 그 상태에 머물 수 있으면 그게 완벽한 행복일 것이다) 사람들은 그전과 다르게 보인다. 그들은 더는 우리 욕망의 거울이나 왜곡된 이미지가 아니라 다시 자연이 된다. 아름답거나 추한 것, 늙거나 젊은 것, 선하거나 악한 것, 열려 있거나 닫혀 있는 것, 딱딱하거나 부드러운 것도 더는 대립이 아니고, 사람을 판단하는 기준이 되지 않는다. 모두가 아름답고 독특하다. 누구도 더는 멸시받지 않고, 미움받지 않고, 오해받지 않는다.

고요한 관조의 관점에서 보면, 자연은 영원히 번식하는 불멸의 생명체가 모습을 계속 바꾸어 나가는 것에 다름 아니듯, 인간의 역할과 사명은 무엇보다 영혼을 표현하는 데 있다. '영혼'이 오직 인간에게만 있는지, 아니면 동물과 식물에도 있는지 논쟁을 벌이는 것은 무의미하다. 분명한 것은, 영혼은 도처에 있고, 도처에 가능하고, 도처에 준비되어 있고, 도처에서 예감되고 원해진다는 것이다. 그럼에도 우리는 돌이 아닌 동물만 움직일 수 있다고 느끼듯(물론 돌에도 움직임과 생명, 구축, 몰락, 진동이 있다) 다른 어떤 존재보다 인간에게서 영혼을 찾는다. 영혼은 괴로워하거나 행동할 때 가장 뚜렷이 드러나고, 우리는 그럴 때 영혼을 찾는다. 우리에게 인간은 영혼의 발전을 현재의 사명으로 여기는 세계의 한구석이자 특별 구역으로 여겨진다. 과거에는 두 발 달린 동물이 되고, 동물 가죽을 벗기고, 도구를 발명하고, 불을 피우는 것이 사명이었던 존재가 말이다.

이렇게 해서 전 인간 세계가 영혼의 표현이 된다. 내가 산과 바위에게서 중력의 원초적인 힘을 보고, 동물에게서 운동성과 자유에 대한 추구를 보고 사랑하듯이, 나는 무엇보다 그 모든 것을 대표하는 인간 속에서 생명의 형태와 표현 가능성을 본다. 우리가 '영혼'이라고 부르는, 단순히 수천 개의 생명 형태 중 아무렇게나 선택된 하나가 아니라, 특별하고 정선되고 고도로 발달된 표현 가능성이자 최종 목표로서 말이다. 우리가 유물론적으로든, 관념론적으로든, 혹은 다른 어떤 방식으로 생각하든 상관없이, 그리고 우리가 '영혼'을 신적인 것으로 생각하든 소멸되는 물질로 생각하든 상관없이 우리 모두는 영혼을 알고 높이 평가한다. 우리 각자에게 영혼이 담긴 인간의 시선과 예술, 그리고 영혼이 깃든 형상물은 모든 유기적 생명체의 가장 고결하고 가장 젊고 가장 가치 있는 단계이자 파동이다.

이로써 우리와 함께 사는 인간은 가장 고상하고 지고하고 소중한 관찰 대상이 된다. 물론 모두가 인간에 대해 그런 식으로 당연하다는 듯이 거침없이 평가를 내리는 것은 아니다. 그건 나 자신만 봐도 알 수 있다. 젊은 시절 나는 사람보다 풍경이나 예술 작품과 더 가깝고 내밀한 관계를 맺었다. 오죽했으면 인간은 없고 공기와 흙, 물, 나무, 산, 동물만 나오는 문학을 수년 동안 꿈꾸었겠는가! 당시 나는 인간이 영혼의 길에서 너무 벗어나 있고, 욕망에 눈멀고, 원시시대의 원숭이처럼 동물적인 목표를 향해서만 거칠고 야만적으로 나아가고, 겉만 번드르르하고 시시한 허섭스레기에 집착하고 있다고 생각했다. 그 바람에 인간은 어쩌면 자연의 다른 곳에서 자기 길을 찾아야 하지 않을까 하는 생각이 들 정도로 영혼의 길에서 이미 버려졌거나 역행하고 있다는 착각에 잠시 빠지기도 했다.

우연히 만났기에 서로에게 어떤 물질적인 것도 원하는 게 있을 리 없는 평범한 두 현대인이 서로를 대하는 태도를 지켜보면, 모든 인간이 얼마나 촘촘하게 강압적인 분위기와 자기 보호 껍질, 방어막에 둘러싸여 있는지 생생하게 느낄 수 있다. 그것은 영혼과 아무 상관이 없는 것들, 다시 말해 모든 사람을 비본질적인 목표로 향하게 하고 자신과 다른 모든 이들 사이에 벽을 쌓게 하는 모종의 불안, 소망, 의도로 짜인 그물망과 같다. 그런 촘촘한 그물망에 갇힌 두 사람을 보면 마치 영혼은 불안과 수치심의 높은 담장에 둘러싸여 한마디 말도 꺼내서는 안 되는 것처럼 보인다. 오직 아무것도 바라는 게 없는 사랑만이 그런 그물망을 찢을 수 있고, 그 그물망이 찢어질 때 비로소 영혼이 고개를 내밀고 슬그머니 우리를 바라본다.

나는 기차에 앉아 서로 인사를 나누는 두 젊은 신사를 지켜본다. 우연히 같은 자리에 앉았다는 이유로 앞으로 한 시간 동안 동행해야 할 사람들이다. 그들의 인사는 한없이 이상하다. 마치 슬픈 연극 같다. 순진한 두 남자는 마치 외롭게 얼어붙은 양극처럼 무척 낯설고 차갑게 인사를 나눈다. 내가 머릿속으로 떠올리는 두 사람은 당연히 말레이인이나 중국인이 아니라 현대 유럽인이다. 그들은 각자 자부심의 요새에 살고 있는 듯하다. 위험에 처한 자부심의 요새이자, 의심과 차가움의 요새다. 그들의 입에서 흘러나오는 말은 하나같이 아무 의미가 없다. 곁에서 보면 영락없이 영혼 없는 세계의 석화된 상형문자 같다. 우리가 줄곧 벗어나고 있지만 그 깨진 얼음 파편이 계속 우리에게 달라붙어 있는 그런 세계 말이다. 일상적으로 하는 말에 영혼을 담는 사람은 드물다. 아니 지극히 드물다. 그런 사람은 이미 시인을 뛰어넘어 성자에 가깝다. '민족'도 영혼이 있다. 말레이족이나 아프리카의 흑인들처럼. 그런 민족은 인사를 하거나 말을 건넬 때 서양의 보통 사람들보다 더 많은 영혼을 보여 준다. 그런데 이 민족 영혼 역시 우리와 가깝고 사랑스럽고 유사함에도 불구하고 우리가 찾고 갈구하는 것은 아니다. 신성이 사라진 기계화된 세계의 소외와 간난艱難을 아직 모르는 원시 부족의 영혼은 집단적이고 소박하고 천진하고 아름답고 사랑스럽지만 우리의 목표는 아니다. 기차 객차에 탄 우리의 두 젊은 유럽인은 이미 거기서 멀리 떨어져 있다. 그들은 영혼을 보여 주는 일이 별로 없거나 아예 없다. 그들은 조직화된 욕망과 오성, 의도, 계획만으로 이루어진 것처럼 보이고, 돈과 기계, 불신이 판치는 세상에서 영혼을 잃어버렸다. 이제 그것을 되찾아야 한다. 그런 사명을 등한시하면 아픔과 고통에 빠진다. 물론 그들이 앞으로 찾아야 할 영혼은 더는 우리가 잃어버린 어린아이의 영혼이 아니라, 훨씬 더 섬세하고 개인적이고 자유롭고 책임감으로 충만한 영혼이다. 우리는 아이 시절로, 원시 시절로 돌아가서는 안 되고 돌아갈 수도 없다. 대신 자기만의 인격과 책임, 자유를 향해 계속 나아가야 한다.

기차 안의 두 젊은이에게서는 그런 목표와 예감의 징후가 아직 전혀 보이지 않는다. 두 젊은이는 원시인도 성자도 아니다. 그들은 일상 언어를 사용한다. 고릴라 가죽만큼이나 영혼의 목표에 어울리지 않는 언어다. 우리는 수많은 연습과 좌절을 통해서야 서서히 그런 언어에서 벗어날 수 있다.

이 원시적이고 거칠고 뚝뚝 끊어지는 언어는 대략 다음과 같다.

"안녕하세요?" 한 사람이 말한다.

"네." 다른 이가 말한다.

"앉아도 될까요?" 한 사람이 말한다.

"그러시죠!" 다른 이가 대답한다.

해야 할 말만 오간다. 말의 의미는 없다. 말은 원시인의 순수한 장신구 같고, 말의 목적과 가치는 흑인의 코를 뚫고 매달아 놓은 고리와 같다.

그런데 정말 이상한 것은 이 형식적인 말의 어조다. 겉으로 볼 때 이 말들은 공손하다. 예의에 어긋나는 것은 없어 보인다. 하지만 어조는 이상할 정도로 짧고, 여유가 없고, 딱딱하고, 차갑다. 물론 악감이 느껴지지는 않는다. 시빗거리도 없어 보인다. 둘 중 누구도 나쁜 생각을 갖고 있는 것 같지는 않다. 그러나 표정과 어조는 차갑고 무심하고 쌀쌀하다. 심지어 뭔가 기분이 상한 듯한 느낌도 있다. 금발 남자는 "그러시죠!"라는 말을 할 때 일순 경멸에 가까운 표정으로 눈썹을 치켜 올린다. 물론 실제로 그런 감정을 느끼는 것 같지는 않다. 그로서는 수십 년 동안 인간 사이의 영혼 없는 교류를 통해 형성된 공식을 실행한 것뿐이다. 그는 자신의 속마음, 즉 영혼을 숨겨야 한다고 생각한다. 밖으로 내보이고 표현할 때만 영혼이 활짝 드러난다는 사실은 모르고 있다. 그는 나름 자부심에 찬 인격체다. 순진한 야만인은 더 이상 아니다. 하지만 그의 자부심은 가련하게 불안에 떤다. 그래서 보루를 세우고, 자기 주위에 차가움의 방벽을 쌓는다. 상대에게 미소를 지어 주면 자부심이 무너진다고 생각한다. '교양인들' 사이에서 이루어지는 이 차갑고 나쁘고 예민하고 거만하고 불안에 떠는 소통의 어조는 질병을 드러낸다. 그런 식의 표현으로 말고는 능욕으로부터 자신을 지킬 줄 모르는 영혼의 필연적인 질병이다. 이 얼마나 소심하고 나약하고 어린 영혼인가! 이런 영혼은 지상에서 자신이 인정받고 있지 못하다고 느끼기에 불안에 떨며 숨으려고만 한다.

두 신사 중 한 사람이 정말 본인이 원하고 느끼는 것을 행동으로 보여 준다면, 그러니까 상대에게 먼저 손을 내밀거나 상대의 어깨를 어루만져 주면서 다음과 같이 말한다면 어떤 일이 벌어질까? "어이쿠, 정말 좋은 아침입니다. 황금 같은 날이에요. 저는 지금 휴가 중입니다. 혹시 제 새 넥타이 멋지지 않습니까? 제 가방에 사과가 있는데 하나 드릴까요?"

그가 정말 이렇게 말한다면, 상대는 큰 기쁨과 감동을 느끼며 절로 환한 미소를 지을지 모른다. 지금 여기서 타인의 영혼이 말하고 있다는 사실을 분명히 느낄 테니까 말이다. 중요한 건 사과나 넥타이가 아니라 무언가 돌파구가 생겼다는 것이고, 지금껏 감추어져 있었고 우리 모두가 합의하에 억압하고 있던 무언가가 환한 세계로 나왔다는 것이다. 순간 우리는 여전히 유효한 그 강요된 합의가 무너지는 것을 느낀다.

그런데 상대방 역시 그렇게 느끼겠지만 그 감정을 표출하지는 않을 것이다. 대신 자동으로 방어 기제를 작동시키면서 수천 가지 대체어들 가운데 별 의미가 없는 말을 더듬더듬 내놓을 것이다. 약간 퉁명스럽게 이렇게 말할 수도 있다. "네…… 뭐…… 좋네요." 그러고는 추근거리는 이 남자에게 인내심이 바닥났다는 듯

단번에 고개를 돌려 버린다. 이어 시곗줄을 만지작거리고 창밖을 멍하니 내다보며, 스무 개의 상형문자로 다음과 같은 내용을 담은 표정을 지을 수도 있다. 나는 내면의 기쁨을 표현하고 싶은 마음이 없어. 속마음도 보여 주고 싶지 않아. 다만 귀찮게 구는 당신이 참 딱할 뿐이야.

물론 이런 일은 일어나지 않는다. 머리색이 짙은 신사는 실제로 가방에 사과가 있고, 아름다운 날과 휴가, 새 넥타이, 노란 신발에 대해 정말, 정말로 아이처럼 기뻐하고 있다. 하지만 금발 신사가 "오늘 외환 시세가 좋지 않아요." 하고 말한다면 머리색이 짙은 신사도 영혼이 원하는 대로 하지는 못할 것이다. 그러니까 "그래도 즐겁게 삽시다. 외환 시세가 우리하고 무슨 상관입니까?" 하고 외치지 못하고, 그저 근심스러운 표정으로 한숨을 내쉬며 이렇게 말할 것이다. "그러게 말입니다. 끔찍한 일이죠!"

우리 모두 그렇지만, 이 두 신사도 내부 압력에 따라

이렇게 행동하고 말하는 데 아무 어려움이 없어 보이는 건 신기한 일이다. 그들은 속으론 활짝 웃으면서도 겉으론 한숨을 내쉬고, 자기를 드러내고 싶어 하는 영혼을 이용해서 거짓으로 차갑고 방어적인 태도를 꾸며낸다.

  계속 관찰해 보자. 영혼이 말과 표정, 어조에 있지 않다고 하더라도 어딘가에는 있을 것이다. 이제 금발 신사는 자신을 잊었고, 자신을 눈여겨보는 사람이 없음을 느끼고는 차창 너머 저 멀리 들쭉날쭉한 숲을 바라본다. 그의 시선은 자유롭고, 꾸밈없고, 청춘과 그리움, 그리고 순진하고 뜨거운 꿈으로 가득 차 있다. 그는 완전히 딴사람이 된 듯하다. 더 젊고, 더 소박하고, 더 천진하고, 무엇보다 더 잘생겨 보인다. 그런데 마찬가지로 흠잡을 데 없고 쉽게 곁을 안 주는 다른 신사는 자리에서 일어나 머리 위의 그물 선반에 놓아둔 가방을 만진다. 떨어지지 않도록 위치를 점검하는 듯하지만, 가방은 그런 걱정을 할 필요가 없을 만큼 견고하고 안정된 상태로 놓여 있다. 청년은 가방을 꽉 잡으려는 게 아니라 그냥 느끼고 싶고, 확인하고 싶고, 부드럽게 어루만지고 싶을 뿐이다. 왜냐하면 무척 실용적으로 보이는 이 가죽 가방 안에는 사과와 속옷 말고도 중요하고 소중한 물건들이 여럿 들어 있기 때문이다. 집에 있는 사랑하는 아내에게 줄 선물, 닥스훈트 도자기 인형, 쾰른 대성당 모양의 마지팬* 같은 것들인데, 뭐가 됐든 모두 이 젊은이가 요즘 푹 빠져 있고, 그의 꿈과 관련이 있고, 그의 꿈이 사랑하고 떠받들고, 그가 늘 손에 쥐고 쓰다듬고 감탄하고 싶어 하는 것들이다.

우리는 한 시간 동안 기차를 타고 가면서 두 젊은이를 관찰했다. 어느 정도 교육을 받은 오늘날의 보통 사람들이다. 그들은 말을 했고, 인사를 주고받았고, 의견을 나누었고, 고개를 끄덕거리거나 흔들었고, 수많은

---

* 아몬드 가루, 설탕, 달걀 흰자를 반죽해 만든 말랑말랑한 과자. 이하 모든 주는 옮긴이 주이다.

자잘한 일과 행동을 했고, 수없이 움직였다. 하지만 그 중 어떤 것에도 영혼은 담겨 있지 않았다. 말에도 시선에도 영혼은 느껴지지 않았다. 모든 것이 가면이었고, 모든 것이 기계적인 행위였다. 자기를 잊은 상태에서 창밖 너머 푸르스름한 숲을 바라보는 시선이나 가죽 가방을 잠시 어색하게 어루만진 것만 빼고 말이다.

이런 생각이 든다. 아, 소심한 영혼이여! 언제쯤 단단한 껍질을 뚫고 나올 것인가? 구원의 체험이나 연인과의 사랑, 믿음을 위한 투쟁, 과감한 행동과 남을 위한 희생 속에 담긴 영혼은 얼마나 아름답고 다정한가? 억눌리고 은폐되고 침울한 마음에서 나오는 조급한 행동, 거친 비난, 범죄와 공포스러운 행위 속에 담긴 영혼은 얼마나 딱하고 절망적인가? 나를 비롯해 우리 모두는 어떻게 영혼을 이 세상에 불러낼 수 있을까? 어떻게 영혼이 정의로운 쪽으로 나아가도록 돕고, 우리의 표정과 말 속에 영혼을 담아낼 수 있을까? 우리는 이대로 체념해야 할까? 그저 관성과 남들이 하는 대로 따르고, 계속 영혼의 새를 가두고, 계속 코를 뚫어 고리만 달고 살아야 할까?

이런 느낌이 든다. 코걸이와 고릴라 가죽을 내려놓는 순간, 도처에서 영혼이 움직이기 시작한다. 영혼이 아무 방해를 받지 않으면 우리는 괴테처럼 이야기할 수 있고, 모든 호흡을 하나의 노래로 느낄 것이다. 가련하지만 영광스러운 영혼이여, 그대가 있는 곳에 혁명이 있고, 타락한 것과의 단절이 있고, 새 생명이 있고, 신이 있다. 영혼은 사랑이고 미래다. 나머지는 모두 사물이고 소재일 뿐이며, 그 소재의 창조성에 우리의 신적인 능력을 행사하지 못하게 하는 걸림돌일 따름이다.

생각이 계속된다. 우리는 온갖 새로운 것들이 큰 목소리로 선포되고, 인간의 결속이 흔들리고, 폭력이 엄청난 규모로 자행되고, 죽음이 들끓고, 절망의 절규가 울려 퍼지는 시대에 살고 있지 않은가? 이런 일들의 배경에도 영혼이 있지 않을까?

당신의 영혼에 물어보라! 미래를 의미하고 사랑을

뜻하는 영혼에 물어보라! 오성에는 물어보지 말고, 세계사를 역으로 돌려 가며 찾지도 말라! 당신의 영혼은 당신이 정치에 너무 관심을 기울이지 않았다고, 너무 적게 일했다고, 적을 너무 미워하지 않았다고, 국경의 방어를 공고히 하지 않았다고 나무라지는 않을 것이다. 다만 당신이 영혼의 요구가 두려워 너무 자주 도망쳤고, 당신의 가장 어리고 어여쁜 아이인 영혼과 어울리고 놀 시간을 갖지 못했고, 영혼의 노래에 귀를 기울이지 않았고, 돈에 영혼을 팔고 이익에 눈멀어 영혼을 배신한 것을 탓할지는 모른다. 물론 수백만 명의 사람이 그렇게 산다. 어디로 눈을 돌리든 사람들은 잔뜩 예민하고 괴로워하고 화난 얼굴을 하고 있고, 가장 쓸모없는 일들과 주식 시세, 요양 병원 같은 것 외에는 시간을 내지 않는다. 이 추악한 상황은 고통의 경고이자 피의 경고나 다름없다. 당신의 영혼은 당신이 계속 이렇게 나를 소홀히 하면 점점 더 신경질적으로 변하고 삶에 적대감을 갖고 살게 될 거라고 말한다. 그리고 당신이 내게 계속 이렇게 사랑과 관심을 쏟지 않으면 이대로 살다가 결국은 파멸하게 될 거라고 경고한다. 물론 이들은 지금 병을 앓고 있고 행복할 능력을 잃은 약하고 쓸모없는 사람들이 아니다. 오히려 미래의 씨앗을 품은 선한 사람들이고, 아직은 너무 소심해서 잘못된 세계 질서와의 싸움에 뛰어들지 못하고 영혼에 만족감을 주지 못하지만, 내일은 어쩌면 그 싸움에 진지하게 나설 수 있는 사람들이다.

이런 관점에서 보면 유럽은 불안한 꿈속에서 자신을 때리고 자신에게 상처를 입히면서 잠들어 있는 사람처럼 보인다.

언젠가 한 교수가 당신에게 했던 비슷한 말을 기억할 것이다. 세상은 물질주의와 지성주의로 고통받고 있다고. 맞는 말이다. 하지만 그 사람은 자기 자신의 의사가 될 수 없듯 당신의 의사도 될 수 없다. 자기 파멸에 이를 때까지 지성의 언어만 계속 사용하기 때문이다. 결국 그도 파멸할 수밖에 없다.

세상이 어떤 식으로 흘러가든 당신은 자신의 의사와 조력자, 미래, 새로운 동력을 항상 당신 안에서만, 그러니까 당신 안의 가난하고 학대받고 유연하고 파괴될 수 없는 영혼에서만 찾을 수 있다. 영혼에는 지식도 판단도 프로그램도 없고, 오직 충동과 미래, 감정만 있을 뿐이다. 위대한 성자와 설교자, 강인한 인내력의 영웅, 위대한 장군과 정복자, 위대한 마법사와 예술가, 그리고 일상에서 시작해 지극한 행복에서 자기 길을 끝낸 모든 사람이 영혼을 따랐다. 백만장자의 길은 다르다. 그들의 길은 요양원에서 끝난다.

　개미도 전쟁을 하고, 벌도 국가를 세우고, 햄스터도 부를 축적한다. 당신의 영혼은 다른 길을 찾아야 한다. 만일 영혼이 뒷전으로 밀리고, 당신이 영혼을 희생시킨 대가로 성공을 거둔다면, 당신에게 행복은 꽃피지 못한다. '행복'은 지성이나 배, 머리, 돈지갑이 아니라 오직 영혼으로만 느낄 수 있기 때문이다.

　영혼에 대해서는 길게 생각하고 말할 필요가 없다.

영혼은 아주 오래전부터 철저히 파헤쳐졌고 수많은 말로 표현되었기 때문이다. 그럼에도 그것은 시대를 초월해서 영원히 새로운 의미로 다가오는 몇 안 되는 인간의 말 중 하나다. "온 세상을 얻고도 영혼을 다친다면 그게 당신한테 무슨 도움이 될까!"*

__1917년

---

* 신약성서의 마가복음 8장 36절의 구절이다.

타자의 삶이 아닌 자신의 삶을 살기 위해 태어난 사람이라면 험난하더라도 자신의 고유한 인격체와 고유한 삶으로 나아가는 길을 찾아야 합니다. 만일 당신이 그런 운명으로 태어나지 않았다면, 혹은 당신에게 그럴 힘이 충분치 않다면 당신은 조만간 분명 그 길을 포기할 것이고, 세속의 일반적인 도덕과 취향, 풍습에 따르게 될 것입니다.

이는 힘의 문제입니다. 아니, 오히려 믿음의 문제에 더 가깝다고 생각합니다. 왜냐하면 무척 강한데도 쉽게 좌절하는 사람이 많고, 무척 연약한데도 질병과 약점을 극복하고 삶과 멋지게 담판을 벌여 삶으로부터 끈질기게 자신의 고유한 인장을 받아 내는 사람도 있기 때문입니다.

내가 말한 믿음은 말로 표현하기 쉽지 않지만 이렇게 한번 말해 보겠습니다. 나는 너무나 뚜렷한 삶의 부조리함에도 인생은 여전히 의미가 있다고 믿습니다. 나는 삶의 이 궁극적인 의미를 오성으로는 포착할 수 없다고 확신하지만, 그 의미를 따를 준비는 늘 되어 있습니다. 나는 내 안에서, 그러니까 내가 진정으로 살아 있고 깨어 있는 순간에 그 의미가 소곤대는 목소리를 듣습니다.

그런 순간이면 나는 삶이 내게 요구하는 것을 실현하려는 강한 욕구를 느낍니다. 설령 그게 세속의 관습과 법에 어긋나더라도 말입니다.

이런 믿음은 명령이나 강요로는 결코 얻어지지 않고, 오직 체험으로만 얻을 수 있습니다. 기독교인이 하늘의 '은총'을 강요나 사취, 혹은 노동으로 얻을 수 없는 것처럼 말입니다. 아무튼 앞서 내가 말한 그런 믿음을 체험으로 얻지 못한 사람은 종교나 과학, 애국심, 사회주의, 혹은 이미 완결된 도덕이나 프로그램, 처방책이 존재하는 곳 어디에선가 그것을 구합니다.

나는 누군가가 자신의 삶과 의미로 향하는 험하고 아름다운 길을 걸어갈 능력이 있는지, 혹은 그런 소명을 받았는지 판단할 수 없습니다. 그건 그 사람을 직접 만나도 마찬가지입니다. 그 부름은 불과 수천 명에게만 내려지고, 그중 많은 사람이 그 길을 조금 걷다가 맙니다. 게다가 청춘을 넘어서도 그 길을 계속 걷는 사람은 무척 드물고, 그 길의 끝까지 완벽하게 이른 사람은 아마 아무도 없을 것입니다.

_1930년의 한 편지에서

광기에 대한 두려움은 대개 삶에 대한 두려움이자, 우리의 성장과 본능이 요구하는 것에 대한 두려움일 뿐입니다. 순수한 본능적인 삶과 우리가 의식적으로 원하고 이루고자 하는 삶 사이에는 항상 간극이 있습니다. 둘 사이에 다리를 놓을 수는 없지만, 거듭해서 풀쩍 뛰어넘을 수는 있습니다. 물론 큰 용기가 필요한 일이고, 뛰기 전에 약간의 불안이 엄습하는 것도 사실입니다. 당신 안의 충동을 미리 억누르지는 말고, 처음부터 '광기'라고 부르지도 마십시오. 대신 그 충동의 목소리에 귀를 기울이고, 그게 무엇인지 스스로 똑똑히 확인하십시오! 모든 성장은 그런 상태와 연결되어 있고, 곤경과 고통 없이는 이루어지지 않습니다. 만일 '광기의 이미지'가 당신을 압박한다면 눈을 감지 말고 일단 그 이미지가 당신 안에서 어떤 모습인지 명확하게 들여다보십시오. 그러지 않으면 남들처럼 당신 안에서 일어나는 그 혼돈에 적대감은 점점 더 커져 갈 것입니다. 마음속의 혼돈과 친구가 되고, 그것을 받아들이고, 그

69

것이 가능하다고 여기십시오. 설령 당신 안에 있는 것
이 실제로 광기라고 하더라도, 광기는 이미 오래전부터
사람에게 일어날 수 있는 최악의 것이 아닙니다. 광기
에도 거룩한 측면이 있습니다.

__1937년 2월의 한 편지에서

물고기, 새, 원숭이에서부터 우리 시대의 전쟁 동물로 나아간 과정을 보면, 그리고 시간이 지나 우리가 인간과 신이 되기를 바랐던 그 머나먼 길을 보면, 각각의 단계를 훌쩍 뛰어넘게 한 존재는 '정상적인 것들'이 아니었다. 정상적인 것들은 항상 보수적이었고, 건강하고 검증된 것에만 머물렀다. 정상적인 도마뱀이라면 하늘을 나는 건 꿈도 꾸지 못했을 테고, 정상적인 원숭이라면 나무에서 내려가 땅에서 두 발로 서서 걷겠다는 생각을 하지 않았을 것이다. 그것을 가장 먼저 생각하고 가장 먼저 시도하고 가장 먼저 꿈꾼 이상한 원숭이 한 마리는 그들 무리의 공상가였고 괴짜였고 시인이었고 혁신가였다. 그러니까 결코 정상적인 녀석은 아니었다는 말이다. 내가 보기에, 정상적인 것들은 하나의 종이 새로 발견한 생활 방식을 유지하고 보호하고 강화하고, 그 삶을 뒷받침하고 계속 이어 가기 위해 존재하는 것들이었다. 그러나 공상가들은 현실을 뛰어넘어 누구도 생각하지 못한 것을 꿈꾸기 위해 태어난 존재들이었다.

아마 이 존재들 덕분에 그 옛날 물고기가 육상동물이 되었을 테고, 원숭이가 유인원이 되었을지 모른다.

따라서 '정상'은 사실 이상적인 것이 아니었다. 그것은 그저 하나의 기능, 즉 종의 보존을 목표로 삼은 보수적인 기능을 의미할 뿐이었다. 반면에 '삐딱한 재능'과 '공상'은 삶의 문제들을 놀이하듯 다루고 새로운 것을 시도하는 기능을 담당했다. 물론 그 과정에서 그들은 망가질 수도 미칠 수도 있었고, 심지어 스스로 목숨을 끊기도 했다. 하지만 경우에 따라서는 날개를 발명하고 신들을 창조하기도 했다. 요컨대, 정상적인 사람은 어떤 종을 지금 모습대로 보존하는 데 기여했다면 비정상적인 공상가는 그와 반대되는 인류의 자산, 즉 이상 역시 마찬가지로 보존되고 소멸되지 않도록 하는 '정신적인' 소명을 갖고 있었다. 인류의 삶은 이 양극 사이에서 노닐었다. 즉, 성취한 것을 보존하려는 한 극과 거기서 더 멀리 나아가기 위해 성취한 것을 과감하게 버리는 다른 극 사이에서 말이다. 이게 다였다. 그리고 시인의 사명은 직관을 갖고 이상적인 편에 서서, 이상을 만들고 꿈을 꾸는 것이이었다.

따라서 시인으로서는 도저히 믿을 수 없는 '현실'이 생겨났다. 비즈니스와 정당, 선거, 환율, 명예 칭호, 훈장, 거주 수칙 등이 세계의 표준이 되어 버린 현실 말이다. 게다가 정치화된 시인은 자신에게 맡겨진, 다른 이들보다 앞서 꿈꾸고 이상에 복무하는 전 인류적인 사명에서 등을 돌렸고, 선거 개혁 같은 것들을 진보로 여기는 현실 실천가들의 영역에 개입했다. 정신의 영역보다 수백 년은 뒤처지고 기껏해야 그중 일부만 자잘하게 실현하려고 애쓰는 영역 말이다. 영원한 평화를 추구하는 정치인은 태곳적의 꿈을 이루기 위해 노력하는 수천 마리 개미 중 하나일 뿐이다. 반면에 꿈의 창조자는 수천 년 전에 "살인하지 말라!"는 강력한 메시지를 처음으로 꿈꾼 정신이었다. 이 메시지는 지상에서 수백만 년 동안 존재하지 않던 것이었고, 이후 효모처럼 인류에게 영향을 미치다가 마침내 인류의 성취로

자리 잡은 정신이었다. 인류가 과거에 직립보행과 미끈
한 피부를 얻은 것처럼.

__「환상」(1918) 중에서

당신의 고유한 천성과 삶에 대한 적격성 문제로 불안과 걱정이 있다면 나는 용기와 믿음을 드리고 싶습니다. 물론 세상에는 사는 게 한결 더 수월해 보이는 사람들, 겉으로건 실제로건 '행복해' 보이는 사람들이 많습니다. 어떤 문제도 알지 못하는, 개성이 강하지 않은 사람들이죠. 그런 사람들과 자신을 비교하는 것은 우리에게 아무 의미가 없습니다. 우리는 우리 자신의 삶을 살아야 합니다. 여기서 자신의 삶이란 무언가 자기만의 새롭고 독특한 것, 언제나 고되면서도 아름다운 것을 의미합니다. 삶의 표준은 없습니다. 삶은 우리 각자에게 고유한 임무를 맡길 뿐입니다. 그렇기에 태어날 때부터 삶에 맞는 본성이나 적합한 특성은 있을 수 없습니다. 약하고 가난한 사람도 고귀하고 진실된 삶을 살고, 남들에게 대단한 존재가 될 수 있습니다. 자신이 선택하지 않은 삶의 자리와 특별한 임무를 받아들이고 실현하고자 노력함으로써 말입니다. 그게 바로 진정한 인간입니다. 그리고 거기에는 항상 무언가 고결하고 사람을 치유하는 힘이 담겨 있습니다. 비록 그런 임무를 수행하는 사람이 남들의 눈에는 그와 자리를 바꾸고 싶지 않은 불쌍한 인간으로 비친다고 하더라도 말입니다.

자기 비하와 자격지심에 빠지지 마십시오. 물론 후회를 부를 수 있는 자신의 개별 행동에 대해서는 날카롭게 비판하고 탓할 수 있습니다. 그건 옳은 태도입니다. 다만 남들이야 어떻게 보든, 자기 자신을 그렇게 하찮거나 쓸모없게 보지는 마십시오. 대신 신에게 받은 재능과 약점을 있는 그대로 받아들이십시오. 그것을 긍정하고, 그것으로 최선의 것을 만들어 나가도록 하십시오. 신은 우리 각자에게 무언가 의미를 부여했고, 우리와 함께 무언가를 시도했습니다. 우리가 그것을 받아들이지 않고 실현하려고 애쓰지 않는다면, 그건 신에게 맞서는 일입니다.

_1941년의 한 편지에서

생산적인 일에서 기쁨을 느낀다면, 빠듯하게 살더라도 풍요롭게 사는 것입니다.

__1929년 1월 10일 편지에서

자기 삶의 정당성을 판단할 때 가장 중요한 기준은 객관적이고 일반적인 성취의 정도가 아니라 자신에게 원래 주어진 본성을 최대한 완벽하고 순수하게 삶과 행위로 표출했느냐 하는 것입니다.

우리를 이 길에서 멀어지게 하는 유혹은 수없이 많지만, 그중에서 가장 강력한 유혹은 근본적으로 우리가 자신과 완전히 다른 사람이 되고 싶어서, 스스로 도저히 이룰 수도, 이루어서도 안 되는 모범과 이상을 좇는 것입니다. 그런 까닭에 이 유혹은 좀 더 고결한 사람들에게서 특히 강할 뿐 아니라 단순한 이기주의의 천박한 위험보다 더 위험합니다. 왜냐하면 그들은 겉으론 고상하고 도덕적인 사람처럼 보이기 때문이지요.

모든 소년은 일정한 나이가 되면 처음엔 마부나 증기 기관차 기관사가 되고 싶어 하고, 그러다 좀 시간이 지나면 사냥꾼이나 장군, 또 그다음엔 괴테나 돈 후안이 되고 싶어 합니다. 그건 자연스러운 일이기도 하거니와 혼자 스스로 깨달아 가는 과정이기도 합니다. 이를테면 이런 식이지요. 소년은 상상력으로 미래의 가능성들을 죽 훑어봅니다. 그러나 인생이 자신의 소망을 들어주지 않음을 알게 되면서 아동기와 청소년기 때의 이상은 저절로 사라집니다. 그런데도 우리는 늘 자기 것이 아니고 자기와는 아무 상관이 없는 무언가를 갈망하고, 자신의 본성에 폭력을 가할 수밖에 없는 요구로 스스로를 괴롭힙니다. 그건 우리 모두가 그렇죠. 그런데 이따금, 그러니까 내적으로 깨어 있는 시간이면 우리는 우리 자신에서 빠져나와 다른 것으로 들어가는 길은 없고, 우리 자신의 개인적인 재능과 결점을 안고 살아갈 수밖에 없음을 반복해서 느낍니다. 그런 다음에는 우리가 조금 더 앞으로 나아가고 있고, 전에는 할 수 없었던 것에서 성공을 거두고, 한순간 아무 의심 없이 우리 자신을 긍정하고 스스로에게 만족하는 일이 생기기도 합니다. 물론 계속 그렇게 되는 건 아닙니다. 하지만 일단 그 순간을 체험하고 나면 우리의 마음은 오직 우리 자신이 자연스럽게 성장하고 성숙해지는 것만

을 느끼고자 노력합니다. 그런 다음에야 우리는 세상과
조화를 이룹니다. 물론 우리 같은 사람에게는 그런 일
이 드물게 일어나지만, 그 체험의 강도만큼은 점점 더
강렬해집니다.

__1949년 1월 5일 편지에서

당신은 '자아'에 대해 마치 알려진 객관적인 실체가 있는 것처럼 말하지만 그렇지 않습니다. 우리 모두에게는 두 개의 자아가 있는데, 하나가 언제 시작되고 다른 하나가 언제 멈추는지 늘 정확히 안다면 그야말로 천하의 현자일 것입니다.

조금만 주의 깊게 관찰하면, 우리의 주관적이고 경험적이고 개인적인 자아는 매우 변화무쌍하고 변덕스럽고 외부에 의존적이고 영향에 쉽게 노출되어 있습니다. 그렇다면 이 자아는 믿을 만한 실체가 있다고 할 수 없고, 우리의 기준이나 목소리가 될 수 없습니다. 이 '자아'는 성경에서 자주 얘기하듯이, 우리 인간이 지극히 약하고 반항적이고 소심한 종족이라는 사실 말고는 우리에게 알려 주는 것이 없습니다.

두 번째 자아는 첫 번째 자아 안에 숨겨져 있고 그것과 섞여 있지만, 결코 혼동될 수 없습니다. 이 높고 거룩한 자아(당신이 브라흐마*와 동일시했던 인도의 아트만**)는 개인적이지 않고, 신과 삶, 전체, 그리고 비인격적이고 초인격적인 것에 참여하는 우리의 일정 부분입니다. 이 자아를 추구하고 따르는 것이 훨씬 더 가치 있는 일임은 틀림없습니다. 다만 어려울 뿐이지요. 이 영원한 자아는 고요하고 참을성이 있는 반면에 다른 자아는 너무 제멋대로이고 참을성이 없습니다.

종교는 한편으론 신과 자아에 대한 깨달음이고, 다른 한편으론 영적 수행이자, 변덕스러운 개인적 자아에서 벗어나 우리 안의 신성에 더 가까이 다가가려는 훈련 체계입니다.

나는 어떤 종교든 대체로 비슷하다고 생각합니다. 제대로 깨달으면 현인이 되지 못하는 종교가 없지만, 잘

---

* 인도 신화에 등장하는 남신으로, 비슈누, 시바와 함께 힌두교의 3대 신 중 하나다.
** 인도 철학에 나오는 개념으로, 끊임 없이 변화하는 '물질적 자아'에 대비해 절대 변치 않는 '초월적 자아'를 말한다.

못하면 지극히 어리석은 우상 숭배로 빠지지 않는 종교도 없습니다. 하지만 종교 안에는 거의 모든 실제적인 지식이 축적되어 있습니다. 특히 신화에 말이지요. 세속의 눈으로 보게 되면 모든 신화는 '거짓'입니다. 그러나 신화는 세계의 심장으로 가는 열쇠입니다. 그리고 맹목적인 우상 숭배를 신에 대한 경건한 숭배로 만드는 방법도 알고 있습니다.

이 정도로 하겠습니다. 내가 사제가 아니라서 유감입니다. 어쩌면 지금 나는 당신이 당장 할 수 없는 것을 요구했을지도 모르겠군요. 차라리 그편이 더 나을 수도 있습니다. 나는 그저 당신처럼 어둠 속을 걷지만 빛에 대해 알고 빛을 찾는 한 방랑자의 안부 인사를 당신에게 전할 뿐입니다.

__1943년 5월의 한 편지에서

거의 모든 부모들처럼 내 아버지 어머니도 아들이 삶의 본능을 자연스럽게 키워 나가는 것을 돕지 않았고 애써 모른 척했다. 다만 두 분은 내가 내 속에서 일어나는 실제적인 움직임들을 부정하고, 점점 더 비현실적이 되고 거짓으로 변해 가는 어린아이의 세계에 계속 안주하려는 나의 필사적인 노력을 지극 정성으로 도와주었을 뿐이다. 세상의 부모들이 이런 점에서 얼마나 도움이 될지 알 수 없기에 나는 내 부모님을 비난할 생각이 없다. 나 자신과 담판을 짓고 나의 길을 찾는 것은 나 자신의 일이다. 그러나 유복하게 자란 대부분의 아이들처럼 나도 나 자신의 일을 잘해 내지 못했다.

누구나 이런 어려움을 겪는다. 보통 사람들의 인생에서 이것은 자기 삶의 요구가 외부 환경과 가장 치열하게 싸우고, 그런 혹독한 투쟁을 통해서 스스로 자기 길로 조금씩 나아가야 하는 시점이다. 많은 사람이 죽고 새로 태어나는 경험을 한다. 그것은 우리의 운명이기도 하다. 그런데 이런 일은 살면서 단 한 번밖에 일어나지

않는다. 어린 시절이 썩어 문드러져 서서히 무너져 내
릴 때, 혹은 사랑하는 모든 것들이 우리 곁을 떠나려
하고 우리가 갑자기 외로움과 주변의 지독한 싸늘함을
느끼는 때가 그렇다. 무척 많은 사람들이 영원히 이 낭
떠러지에 매달려 있으며, 평생 돌이킬 수 없는 과거와
잃어버린 낙원의 꿈에 고통스럽게 집착하며 산다. 꿈
중에서 가장 나쁘고 잔인한 꿈이다.

__『데미안』(1917) 중에서

내 생각에, 우리 세대는 현대적 삶이 본능을 너무 과도하게 옥죄고 억누름으로써 그 반대 경우보다 훨씬 더 망가졌습니다. 그렇기에 나는 몇몇 책에서 이 억압된 본능적 삶의 옹호자와 조력자를 자처하고 나섰습니다. 물론 그렇다고 현자들과 종교가 제기한 높은 요구에 대한 경외심을 도외시한 적은 한 번도 없었습니다. 우리의 목표는 본능의 희생 위에서 요란한 정신이 되는 것이 아닙니다. 또한 선량함과 사랑, 인간성의 희생 위에서 지극히 거친 독단적인 삶을 영위하는 것도 아닙니다. 우리는 두 가지 요구, 즉 본능의 요구와 정신의 요구 사이에서 우리의 길을 찾아야 합니다. 경직된 중도가 아니라 자유와 구속이 들숨과 날숨처럼 교대하는, 각자 자기만의 탄력적인 중도의 길 말입니다.

_1954년 1월의 한 편지에서

가끔은

가끔, 새 한 마리 울거나
바람이 나뭇가지를 스치거나
머나먼 농장에서 개 한 마리 짖으면
나는 한참을 침묵하며 귀 기울인다.

나의 영혼은 과거로 달아난다,
아득하게 잊어버린 시절로,
새와 불어오는 바람이 나를 닮고
나의 형제였던 시절로.

나의 영혼은 나무가 되고
동물이 되고 떠도는 구름이 된다.
그리고 변한 모습으로 낯설게 돌아와
내게 묻는다. 나는 뭐라고 답해야 할까?

_1904년 9월

만발

복숭아나무에 꽃이 만발해도
모두가 열매가 되지는 않는다.
만발한 꽃이 장밋빛 거품처럼 밝게 빛난다,
파란 하늘과 일렬로 선 구름 사이로.

생각이 꽃처럼 피어난다,
하루에도 수백 송이씩.
피어나게 둬라! 알아서 하게 둬라!
얼마를 수확할지는 묻지 말고!

놀이도 천진함도 있어야 한다.
남을 만큼 만발한 꽃도 있어야 한다.
그렇지 않으면 세상은 너무 비좁게 느껴지고
인생에 즐거움은 없을 것이다.

_1918년 4월 10일

흥청망청

누군가 수중에 백 냥이 있으면
으스대며 시내를 지나가다가
저기서는 무언가를 사고 여기서는 쉬어 간다,
빵과 맥주로 행복하게 배를 채워 가면서.
때로는 한없이 자비로운 표정을 지으며
가난한 사람에게 적선을 베풀기도 한다.
우리 모두는 시간을 그렇게 쓴다!
우리는 아직 젊고 죽음은 멀다.
우리는 수없이 많은 시간을
굳이 아낄 필요가 없다.
그러다 시간의 샘이 마르면
모두가 정신을 번쩍 차리면서 느낀다.
그게 백 냥이 아니라 한 푼이었구나.

__1906년

나비

은빛 언덕 너머로
은빛 날개를 펄럭이고
빨간 눈을 반짝이며
어디로 가니?

"가득한 기쁨을 얻으러,
저 다채로운 삶과 죽음 속으로!"
신은 내게 주셨어,
이토록 아름답지만 짧은 삶을!

_1902년경

나를 키워 준 건 부모님과 선생님만이 아니었다. 더 높고 은밀하고 신비스러운 힘들도 나를 키워 주었다. 그중에는 목신牧神도 있었다. 이 신은 춤추는 작은 인도 인형의 형태로 우리 할아버지 유리장 안에 서 있었다. 이 신과 다른 신들이 나의 어린 시절을 보살펴 주었다. 그래서인지 나는 읽고 쓰기 한참 전에 이미 태곳적의 동양 그림과 사상이 마음속 깊이 들어와 있어서 훗날 인도와 중국의 현자들을 만날 때면 마치 오래전에 헤어진 사람을 다시 만나거나 고향에 돌아온 것 같은 느낌이 들었다. 그럼에도 나는 유럽인이었고, 심지어 적극적인 성격의 궁수자리로 태어나 평생 격정과 갈망, 식지 않는 호기심이라는 서양의 미덕을 충분히 발휘하며 살았다. 대부분의 아이들처럼 내가 삶에 꼭 필요하고 소중한 것을 학교에 들어가기 전에 배운 것은 행운이었다. 내게 가르침을 준 것은 많았다. 사과나무, 비와 태양, 강과 숲, 벌과 딱정벌레뿐 아니라 할아버지의 보물 금고에 있는 목신과 다른 춤추는 우상들도 나를 가르쳤다. 나는 세상을 알았고, 서슴없이 동물이나 별과 교류했다. 물고기가 사는 물속과 과수원에 대해서도 잘 알고 있었고, 노래도 꽤 많은 곡을 부를 수 있었다. 심지어 마법도 부릴 줄 알았다. 다만 안타깝게도 너무 일찍 잊어버려서 나이가 든 뒤에 새로 배워야 했다. 어쨌든 나는 어린 시절에 이미 전설적인 지혜를 모두 터득하고 있었다.

여기다 이제 내게 쉽고도 재미있게 느껴지는 학교 수업이 추가되었다. 현명하게도 학교에서는 살아가는 데 꼭 필요한 능력이 아닌, 주로 장난삼아 할 수 있는 앙증맞은 오락거리를 가르쳤는데, 나는 그렇게 노는 것이 즐거울 때가 많았다. 그 밖에 학교에서는 지식도 가르쳤다. 그중 일부는 평생 동안 내 머릿속에 남았다. 지금도 나는 아름답고 재치 있는 라틴어 단어와 시구, 금언을 비롯해 모든 대륙의 도시 인구수를 기억하고 있다. 물론 오늘날의 인구가 아닌 1880년대의 인구지만.

열세 살이 될 때까지 나는 장차 내가 뭐가 될지, 어

떤 직업을 갖게 될지 진지하게 생각해 본 적이 없었다. 물론 다른 아이들처럼 나도 선망하는 직업이 더러 있었다. 사냥꾼, 뗏목꾼, 마부, 줄타기 광대, 북극 탐험가 같은 것들이었다. 그런데 내가 가장 되고 싶었던 건 마법사였다. 그것은 내 성향에 가장 맞고 내가 가장 진심으로 원하는 직업이었을 뿐 아니라, 어른들이 '현실'이라 부르고 내게는 가끔 어른들의 우둔한 합의처럼 비치는 것에 대한 불만의 표시이기도 했다. 나는 일찍부터 이 현실이라는 것을 때로는 무서워하고, 때로는 비웃으면서 거부해 왔다. 그와 함께 마법을 통해 현실을 바꾸고 좀 더 멋진 곳으로 만들고 싶은 소망이 뜨겁게 불타올랐다. 물론 어릴 때는 내가 마법사가 되어 이루고자 했던 목표라는 것이 지극히 유치했다. 예를 들어 겨울에도 사과를 열리게 하거나, 마법의 힘으로 내 가방을 금과 은으로 가득 채우거나, 적들을 마법으로 꼼짝 못 하게 한 뒤 아량을 베풀어 부끄러움을 느끼게 하거나, 아니면 내가 모든 사람에게 승리자나 왕으로 떠받들어지는 모습이었다. 그 밖에 땅에 묻힌 보물을 캐내고, 죽은 자를 살아나게 하고, 내 모습이 남의 눈에 보이지 않는 능력을 갖고 싶기도 했다. 특히 눈에 보이지 않는 마법이야말로 내가 대단히 높게 치고 가장 원하던 재주였다. 다른 모든 마법과 마찬가지로 투명 마법에 대한 소망은 훗날 나 자신도 즉시 알아보지 못할 만큼 숱한 변주를 거쳐 평생 나를 따라다녔다.

이렇게 해서 나는 어른이 되고 작가라는 직업을 가졌을 때, 작품들 뒤로 자취를 감추거나 의미심장하면서도 장난스러운 가명을 만들어 그 뒤로 숨곤 했다. 동료 작가들은 그런 나를 좋게 보지 않거나 곡해하는 일이 많았는데, 나로서는 잘 이해가 되지 않았다. 돌이켜보면 나의 삶은 마법의 힘에 대한 이런 소망으로부터 많은 영향을 받았다. 마법에 대한 소망은 세월이 흐르면서 목표가 바뀌었고, 나는 바깥 세계로 향해 있던 목표를 서서히 내 안으로 끌어들였다. 그것을 통해 더는 사물이 아닌 나 자신을 점차 바꾸고자 했고, 투명 인간이 되려는 어설픈 짓 대신, 깨달음을 얻었지만 남들의 눈에는 보이지 않는 그런 현자로 사는 법을 배우고자 했다. 아마 이것이 내 삶을 이루는 가장 본질적인 부분일 것이다.

나는 활기차고 행복한 아이였다. 집 안 곳곳의 아름답고 다채로운 세계에서 놀았고, 울창한 정원과 동식물들 사이에서도 그에 못지않게 신나게 놀았으며, 나 자신의 판타지와 꿈, 나의 힘과 능력에 기뻐했고, 불덩이 같은 소망들로 인해 괴로움보다는 행복감이 더 컸다. 당시 나는 몇 가지 마법을 익혔는데, 이유는 모르겠지만 먼 훗날 다시 마법을 익혔을 때보다 훨씬 더 완벽했다. 나는 쉽게 사랑을 얻었고, 쉽게 타인에 대해 영향력을 행사했으며, 쉽게 리더의 자리를 차지했다. 다들 내게 호감을 얻고자 했고, 다들 나를 뭔가 비밀이 있는 아이처럼 여겼다. 심지어 나보다 어린 친구나 친척 동생들은 수년 동안 경외심을 갖고 나를 바라보았다. 그러니까 내게 실제적인 마법의 힘과 정령들에 대한 지배력, 그리고 숨겨진 보물이나 왕관에 대한 권리가 있다고 믿은 것이다. 나는 부모님으로부터 일찍이 뱀의 존재를 들어서 알고 있었음에도 오랫동안 낙원에서 살았다. 어린 시절의 꿈은 오랫동안 지속되었고, 세계는 나의 것이었다. 모든 것이 현재였고, 모든 것이 나를 중심으로 아름다운 놀이로 정연하게 배치되어 있었다. 내 안에서 어떤 불만이나 그리움이 일거나, 행복한 세계가 어쩌다 내게 그늘을 드리우고 미심쩍게 비칠 때에도, 나는 다른 세계, 그러니까 좀 더 자유롭고 모순 없는 환상의 세계로 들어가는 길을 수월하게 찾아냈고, 그 세계에서 다시 돌아올 때도 새삼 사랑스러워 보이는 외부 현실 세계로 들어가는 길을 수월하게 찾아냈다.

__「마법사의 어린 시절」(1921/23) 중에서

안으로 가는 길

안으로 가는 길을 찾은 사람은,

불덩이 같은 자기 침잠 속에서

지혜의 핵심을 예감한 사람은,

신과 세계가 이미지와 비유로만

감각적으로 선택된 것임을 알아챈 사람은

모든 행동과 생각이

자기 영혼과의 대화가 된다,

세계와 신을 품은 영혼과.

_1918년 2월 8일

당신이 진보라고 부르는 것은 인류의 전체 정신사에서처럼 다수가 아니라 '선의'를 가진 소수의 사람들에 의해 이루어집니다. 그건 항상 그래 왔지요. 그 소수가 힘을 장악한 곳이라면 어디든 잠시 신적인 일이 지상에서 펼쳐집니다. 종교와 문화 같은 것들입니다. 우리의 임무는 도저히 교정이 불가능한 세계를 지도하는 것이 아니라, 이 소수를 계속 육성하고, 위기에 처한 신의 작은 제국이 사멸되지 않도록 하는 것입니다.

__1929년 10월의 한 편지에서

우리는 세상의 음습함과 그 사악한 위협에 겁먹고 괴로워해서는 안 됩니다. 세상이 내일 망하든 그렇지 않든 우리가 걱정할 일은 아니고 우리가 책임질 일도 아닙니다. 우리는 그저 세상에 기뻐할 게 아직 남아 있다면, 그게 마법처럼 흩어졌다가 모이는 하늘의 구름일 뿐일지라도, 우리가 여기 존재하는 한 최대한 즐기고 찬양해야 합니다.

＿1959년 8월 말의 한 편지에서

社회와 국가 기구가 점점 더 미쳐 날뛰고 병들어 갈
수록, 우리는 폭격당한 도시의 폐허 더미와 전쟁터에서
도 묵묵히 자기 일을 해나가는 풀과 꽃들에게서 배워
야 하고, 그들의 생명력을 감사히 즐겨야 합니다.

_1951년의 한 편지에서

내일 어쩌면 우리에게 일어날 수도 있는 일에 대한 불안에 매몰되면 우리는 오늘과 현재, 그리고 현실을 잃게 됩니다. 오늘, 낮, 시간, 순간이 가진 권리를 빼앗지 마십시오!

__1930년대의 한 편지에서

만일 수축시키고 싶은 것이 있다면 우리는 일단 그것이 제대로 확장될 수 있게 놔둬야 한다. 약화시키고 싶은 것이 있다면 먼저 그것이 제대로 강해지게 놔둬야 한다. 제거하고 싶은 것이 있다면 일단 그것이 충분히 살 수 있게 놔둬야 한다.

__『싯다르타』(1921) 중에서

고백

어여쁜 환영幻影이여, 너의 놀이에
흔쾌히 빠지는 나를 보라.
남들은 목적과 목표가 있지만
나는 사는 것만으로 족하니.

일찍이 내 마음을 건드린 모든 것은
내가 늘 생생하게 느꼈던
그 무한하고 유일한 어떤 것의
비유로 보이니.

그런 그림문자를 읽는 것은
언제나 내 삶의 보람이라.
영원하고 본질적인 것이
내 자신 속에 있음을 알기에.

___1918년 1월 21일

신학에 관한 단상

수년 동안의 생각과 메모를 토대로 나는 오늘 내가 가장 애착을 가진 두 가지 사유를 서로 연결시키는 짧은 글을 쓰고자 한다. 하나는 인간 성장의 세 가지 단계에 대한 사유이고, 다른 하나는 인간의 두 가지 근본 유형에 관한 사유다. 둘 중에서 첫 번째 사유는 내게 중요하고, 심지어 신성하기까지 하다. 나는 그것을 절대적인 진리로 여긴다. 반면에 두 번째 사유는 순전히 주관적인 것에 바탕을 두고 있기에, 그 가치 이상으로 진지하게 받아들여지지 않기를 바라지만, 내가 삶과 역사를 관찰할 때 종종 도움이 된 것은 사실이다. 인간 성장의 길은 때묻지 않은 순수함에서 시작된다. 낙원, 어린 시절, 책임질 일이 없는 예비 단계를 가리킨다. 여기서부터 길은 죄책감, 선악의 구분, 그리고 문화와 도덕, 종교, 이상에 대한 요구로 이어진다. 이 단계를 차별화된 개인으로서 치열하게 겪은 사람은 필연적으로 절망에 이른다. 즉, 미덕의 실현과 완벽한 복종, 온전한 섬김이란 존재하지 않고, 정의는 도달할 수 없으며, 선 또한 이룰 수 없다는 사실을 종국에 이르러 깨닫게 되는 것이다. 이 절망은 이제 파멸의 길로 나아가든지, 아니면 정신의 세 번째 제국으로 나아간다. 이것은 도덕과 법 저편의 상태를 체험하고, 은총과 구원을 추구하고, 새롭고 좀 더 높은 형태의 책임 없는 순수함으로 나아가는 길이다. 간단히 말해 믿음의 길이다. 믿음은 형태와 표현 양식이야 어떻든지 간에 내용은 항상 동일하다. 즉, 우리는 최대한 선함으로 나아가고자 애써야 하고, 그럼에도 세상의 불완전함과 우리 자신에 대해 책임이 없으며, 우리는 스스로 자신을 다스릴 게 아니라 우리 자신에 대한 지배권을 다른 무엇에 넘겨야 하고, 우리의 인식 저편에 우리가 종복이 되고 스스로를 온전히 맡길 수 있는 신이나 다른 '무언가'가 존재한다는 것이다.

이는 유럽식, 아니 거의 기독교식으로 표현한 것이다. 인도의 브라만교(반대 흐름인 불교까지 포함한다면 아마 인류가 신학과 관련해서 창조한 가장 고결한 형태일 것이다)는 범주가 다르지만, 그에 대한 해석은 똑같다. 거기에 존재하는 일련의 단계를 설명하면 대체로 다음과 같다. 불안과 욕망의 지배를 받는 순진한 사람은 구원을 갈구한다. 그를 위한 수단과 길은 충동과 욕망을 제어하는 법을 가르치는 요가다. 물질적이고 기계적인 고행으로 요가를 하든, 아니면 지고의 정신적 운동으로 요가를 하든 그것이 말하는 바는 늘 똑같다. 비본질적인 감각 세계를 하찮게 여기고, 우리 안에 세계정신과 하나로 연결된 정신, 즉 아트만을 자각하라는 것이다.

　요가는 우리의 두 번째 단계와 정확히 일치하고, 행위를 통한 구원을 추구한다. 인도인들은 요가에 경탄하고, 그 가치를 과대평가한다. 순진한 사람은 항상 고행하는 사람을 성자와 구원받은 자로 보는 경향이 있다. 그러나 요가도 한 단계에 불과하고, 절망으로 끝을 맺는다. 부처의 성담과 다른 수많은 성담들은 이를 명확한 그림으로 표현해 놓았다. 요가가 은총에 자리를 내

줄 때에야, 목적을 향한 노력과 열망, 수행, 동경으로 인식될 때에야, 그리고 거짓된 세계의 꿈에서 깨어난 사람이 스스로를 영원하고 파괴할 수 없는 것으로, 정신 중의 정신, 즉 아트만으로 깨달을 때에야 비로소 그는 삶의 무심한 구경꾼이 되고, 아무것이나 하거나 하지 않아도 되고, 즐거움을 누리거나 포기해도 된다. 더는 그런 것에 전혀 구애받지 않으면서 말이다. 그의 자아는 이제 완전히 자기 자신이 되었다. 성자의 이런 '깨달음'(부처의 '열반'과 동일하다)은 우리의 세 번째 단계에 해당한다.

약간 다른 상징체계인 노자에서도 동일한 단계가 발견된다. 노자의 '길'은 올바름에 대한 추구에서 더는 아무것도 추구하지 않는 무위로 가는 과정이자, 죄악과 도덕에서 '도'로 넘어가는 과정이다. 나의 가장 중요한 정신적 체험은 인도인과 중국인, 기독교인에게서 항상 인간 존재에 대한 동일한 해석이 나타나고, 핵심 문제에 대한 나의 예감이 맞았을 뿐 아니라 곳곳에서 유사한 상징으로 표현되어 있음을 서서히 확인한 것과 관련되어 있다. 이 체험만큼 인간이 무언가 의미 있는 존재이고, 인간의 고통과 추구가 시간과 공간을 초월해 전 세계에서 늘 동일하게 나타났음을 강력하게 증명해 주는 것은 없었다. 우리 같은 현대인이 과거 인간들의 생각과 체험에 대한 이런 종교적, 철학적 표현을 지금과는 맞지 않은 케케묵은 표현으로 보더라도 상관없다. 여기서 내가 '신학'이라고 부르는 것은 시대에 구속될 뿐 아니라 언젠가 극복되고 지나가 버릴 인간 단계의 산물이다. 예술과 언어도 어쩌면 인간 역사의 특정 단계에서만 고유한 표현 수단일 뿐, 얼마든지 극복되고 대체될 수 있을지 모른다. 하지만 어떤 단계에서든 인간이 진리를 추구해 나갈 때, 온갖 인종과 피부색, 언어, 문화의 배후에 하나의 통일성이 깔려 있고, 인간과 정신은 인종과 문화에 따라 다른 것이 아니라 오직 하나의 인류와 하나의 정신만 존재한다는 깨달음만큼 중요하고 위안이 되는 것은 없어 보인다.

요약하자면, 인간의 길은 처음엔 순수함에서 죄악으로, 다음엔 죄악에서 절망으로, 그다음엔 절망에서 몰락이나 구원으로 이어진다. 다시 말해 도덕과 문화를 토대로 아이의 낙원으로 다시 돌아가는 것이 아니라 그것을 넘어 믿음의 힘으로 살아갈 능력을 얻는 것이다.

매 단계에서는 당연히 그 전 단계로 다시 돌아가는 일이 생길 수 있다. 물론 선악의 구분을 아는 사람이 다시 순수의 세계로 돌아가는 일은 거의 없지만, 은총과 구원의 체험을 이미 아는 사람이 두 번째 단계로 떨어져 그 법과 불안, 결코 충족될 수 없는 요구의 제물이 되는 일은 무척 잦다.

내가 인간 성장과 영혼 발달사의 단계에 대해 아는 것은 이 정도다. 그건 나 자신의 경험과 다른 많은 영혼들의 증거를 통해 깨달았다. 모든 시대의 역사와 종교, 삶의 형태에는 항상 동일한 전형적 경험이 있고, 동일한 단계와 순서가 있다. 순수성의 상실, 법을 통한 정의의 추구, 행위와 깨달음으로 순수함을 극복하려는 헛된 노력 끝에 마주하게 되는 절망, 그리고 마지막으로 지옥에서 변화된 세계와 새로운 형태의 순수함으로 들어가는 단계다. 인류는 이 발전 과정을 장엄한 상징으로 무수히 그려 왔다. 그런 그림 가운데 우리에게 가장 친숙한 것이 바로 아담의 낙원에서 구원받은 그리스도인으로 나아가는 길이다.

그런데 이런 상징적 그림들 중에는 그보다 훨씬 더 높고 멀리 나간 발전 단계를 보여 주는 그림도 많다. 마하트마(산스크리트어로 '위대한 영혼'), 신, 그리고 물질적인 것과 생성의 고통에서 완전히 해방된 순수 정신 그 자체로 나아가는 단계다. 이 이상적인 상태를 모르는 종교는 없고, 내게도 그 상태가 최고의 이상으로 여겨질 때가 많았다. 완전무결하고 고통 없는 불멸의 상태다. 그런데 이 이상이 달콤한 꿈과 어떻게 다른지, 실제로 현실이 된 적이 있는지, 혹은 인간이 정말 신이 된 적이 있는지에 대해서는 알지 못한다. 다만 나는 영혼 역사의 그 주요 단계들만 알고 있을 뿐이다. 그 단계들은 현실이다. 인간 성장의 훨씬 높은 단계가 실제로 있건 없건, 그것이 꿈이나 이상, 문학, 드높은 목표로서 우리에게 존재한다는 사실만큼은 무척 반가운 일이다. 그런데 이 높은 단계를 실제로 체험한 사람은 그에 대해 침묵한다. 경험하지 못한 사람에게는 이해될 수도 전달될 수도 없는 체험이기 때문이다. 모든 종교적 성담에는 그런 체험에 대한 암시가 설득력 있게 나타난다. 그러나 작은 종파와 거짓 선지자들의 사이비 교리에서는 그런 체험이 환각이나 의도적 속임수의 형태로 나타나는 일이 많다.

덧붙이자면, 사람들에게 명확하게 이해와 전달이 안 되는 것은 비단 영혼의 그 신비스러운 마지막 단계와 체험 가능성만이 아니다. 영혼의 길 위에서 최초의 단계도 직접 체험한 사람들끼리만 이해하고 전달할 수 있다. 아직 초기의 순수 상태에 사는 사람은 죄악과 절망, 구원의 단계에서 쓴 고백을 결코 이해하지 못한다. 마치 무지한 독자가 낯선 민족의 신화를 읽을 때처럼 터무니없게 들릴 것이다. 반면에 직접 겪은 사람은 영혼의 그 전형적인 체험을 알고 있을 뿐 아니라 남들의 글에서 비슷한 내용을 만나면 즉시 명확하게 이해한다. 그건 생소한 신학을 번역할 때도 마찬가지다. 실제로 무언가를 체험한 기독교인이라면 누구나 바울과 파스칼, 루터, 이그나티우스의 글에서 동일한 체험을 선명하게 알아본다. 또한 신앙의 본질에 좀 더 가까이 다가서 있고 '기독교적' 체험의 영역에만 갇히지 않은 기독교인들도 다른 상징 언어로 적힌 타 종교에서, 온갖 동일한 특징을 지닌 영혼의 근본 체험을 재발견한다.

기독교에 뿌리를 둔 나 자신의 영혼 이야기를 하고, 거기서 나의 개인적인 믿음을 체계적으로 풀어내는 것은 불가능한 모험이다. 다만 나의 모든 책은 그에 대한 접근 시도다. 독자들 가운데에는 내 책을 아주 특별한 의미와 가치로 받아들이는 사람들이 더러 있다. 그들 자신의 중요한 체험 및 자기 안의 승리와 패배가 허황한 것이 아니었음을 내 책을 통해 확인한 사람들이다.

물론 그 수는 많지 않고, 영혼을 체험한 사람의 수도 그리 많지 않다. 대다수는 아직 인간이 된 적이 없고, 아이 같은 초기 상태, 즉 갈등과 발전의 이쪽 세계에 머물러 있다. 또한 대다수는 '두 번째 단계'조차 알지 못할 뿐 아니라 갓난아기의 꿈과 본능만 지배하는 아무 책임 없는 동물 세계에 머물면서 어둠 저편의 상태, 선과 악, 거기서 비롯된 절망, 그리고 그 절망을 뚫고 은총의 빛에 푹 잠기는 전설적인 이야기를 하찮게 여긴다.

자아의 각성과 영혼의 역사가 이루어지는 방법은 무수하다. 그러나 이 역사의 과정과 단계들의 순서는 항상 동일하다. 험난할 수밖에 없는 이 길을 얼마나 다양한 종류의 인간이 얼마나 다양한 방식으로 체험하고 쟁취하고 견디는지 관찰하는 것은 아마 역사가와 심리학자, 시인의 가장 행복한 열정일 것이다.

이 다채로운 역사를 합리적으로 파악해서 체계적으로 분류하는 오성의 시도들 가운데 가장 선두에 있는 것은 인간을 유형별로 분류하고 정리한 아주 오래된 시도다. 이제 내가 나의 본성과 경험에 비추어, 상반된 두 가지 기본 인간 유형 및 그와 함께 변하지 않는 인류의 길을 체험하는 두 가지 상반된 유형을 설명하고자 한다면, 인간의 두 기본 유형을 제시하는 이 시도가 정신적 유희일 뿐임을 나는 안다. 인간을 확고한 유형으로 분류할 수 있는 수는 정해져 있지도 않고 무제한적이지도 않다. 철학자의 관점에서 보면 사람들이 유형 분류 이론을 글자 그대로 믿는 것만큼 곤혹스러운 일은 없다. 그러나 대다수 사람은 항상 의식적으로 유희의 형태로 인간을 분류한다. 그것은 우리의 수많은 경험을 압도하려는 시도이자, 우리의 경험 세계를 질서 있게 정리하려는 취약한 수단이다. 아주 어린 아이들도 시야에 들어오는 모든 사람을 아버지와 어머니, 유모라는 기본 유형에 따라 구분하곤 한다.

　나는 경험과 독서를 통해 인간을 두 가지 기본 유형으로 나누었다. 이성적인 인간과 경건한 인간이다. 이로써 세계는 내 안에서 무척 거칠지만 단순한 구도로 즉시 정리된다. 물론 세계는 이것의 도움으로 잠시만 정리될 뿐, 금방 꿰뚫어 볼 수 없는 수수께끼로 다시 돌아간다. 나는 세계에서 일어나는 온갖 혼돈을 인식하고 통찰함에 있어서, 이 행복하고 순간적인 가상의 질서보다, 그러니까 가끔 혼돈을 일순 조화로 경험할 수 있는 짧은 행복보다 더 많은 것이 우리에게 주어져 있으리라는 믿음을 이미 오래전에 잃어버렸다.

아무튼 그런 행복한 순간에 '합리성과 경건성'이라는 나의 사고 틀을 세계사에 적용하면 인류는 오직 이 두 유형으로만 이루어진 것처럼 보인다. 그와 함께 모든 역사적 인물이 어떤 유형에 속하는지 즉시 알 것 같고, 나 자신에 대해서도 정확히 알 것 같은 기분이 든다. 하지만 그 매력적인 사고의 체험이 지나가고 나면 바로 다음 순간, 나는 놀랍도록 정연하던 세계가 다시 무의미한 혼돈으로 무너져 내리고, 내가 방금 그렇게 분명하게 보았다고 믿었던 것, 그러니까 부처와 사도 바울, 카이사르, 레닌이 두 부류 중 어디에 속할지 분명히 알 것 같다는 믿음은 더 이상 남지 않는다. 게다가 안타깝게도 이제는 나 자신에 대해서도 알지 못한다. 방금 전만 해도 나는 내가 경건한 사람이라고 믿었는데, 그런 내게서 서서히 이성적인 인간의 특성, 그중에서도 특히 불쾌한 특성들이 하나씩 보이기 시작했다.

세상의 모든 앎이 이와 다르지 않다. 앎은 행위이자 체험이고, 계속 같은 자리에 머물지 않는다. 앎의 지속 시간은 순간이다. 따라서 나는 체계를 세우려는 시도를 포기하고, 나에게 사고 유희의 틀을 제공한 그 두 유형에 대해 대략적으로만 설명하고자 한다.

이성적인 사람은 인간 이성만큼 강력하게 신봉하는 것이 없다. 그들은 이성을 단순히 자연의 고마운 선물이 아닌 지고의 것으로 여긴다.

이성적인 사람은 세상과 인생의 '의미'가 자기 안에 있다고 믿는다. 그와 함께 합리적으로 말끔하게 정리된 개별 삶의 질서와 목적성을 세계와 역사로 전이한다.

진보를 믿는 것도 그 때문이다. 그는 오늘날의 사람들이 과거보다 총을 더 잘 쏘고 더 빠르게 이동할 수 있음을 알고 있으며, 이러한 진보에 맞서 수천 걸음 뒤로 퇴보하는 상황을 보고 싶어 하지 않고 보아서도 안 된다고 생각한다. 또한 오늘날의 인간이 모종의 기술적 능력으로 더 강해졌다고 믿기에 자신들이 공자와 소크라테스, 예수보다 더 진일보하고 높은 존재라고 생각한다. 게다가 이성적인 사람은 자신들에게 지구를 마음껏 착취할 권리가 있다고 믿는다. 그런 그에게 가장 두려운 적은 죽음이고, 다른 한편으론 자신의 인생과 행위가 결국은 부질없다는 생각이다. 따라서 그런 생각은 되도록 피하려고 한다. 하지만 죽음에 대한 생각이 도저히 떠나지 않을 때면 일에 집착하거나, 재화와 지식, 법률, 세계의 이성적 지배에 더더욱 매달림으로써 죽음에 맞선다. 그에게 진보에 대한 믿음은 곧 불멸의 믿음이다. 그는 자신이 진보의 영원한 사슬에서 중요한 연결고리라고 생각함으로써 이 세상에서 자신이 완전히 사라지는 것은 아니라고 믿고 싶어 한다.

　이성적인 사람은 진보를 믿지 않고 자신의 이성적 이상 실현을 방해하는 경건한 사람들을 종종 싫어하고 증오하는 경향을 보인다. 그건 광신적인 혁명가들을 봐도 알 수 있고, 모든 진보적이고 민주적이고 이성적이고 사회주의적인 작가들이 자신과 생각이 다른 이들을 격렬하게 윽박지르고 비난하는 것을 떠올려 봐도 알 수 있다.

　이성적인 사람은 신앙생활에서 경건한 사람보다 더 확고해 보인다. 그들이 떠받드는 신은 이성이다. 그들은 그 신의 이름으로 타인에게 명령을 내리고 조직을 갖출 권리가 스스로에게 있다고 느끼고, 위생과 도덕, 민주주의 등 자신이 선이라고 생각하는 것을 강압적으로라도 실현할 권리가 있다고 믿는다.

　이성적인 사람은 자신의 '선'을 이루기 위해서라도 권력을 잡으려고 한다. 그들의 가장 큰 위험이 바로 여기, 그러니까 권력 추구와 권력 남용, 명령 욕구, 폭력적 강압에 있다. 한 농부가 매질을 당하는 것을 보면서 그렇게 분격했던 트로츠키도 자신의 이념을 위해서는 아무런 양심의 가책 없이 수십만 명을 학살했다.

이성적인 사람은 시스템과 쉽게 사랑에 빠진다. 그들은 권력을 잡으면 경건한 자들을 멸시하거나 미워할 뿐 아니라 박해하고, 법정에 세우고, 죽이기도 한다. '선'의 구현을 위해서는 자신들에게 맡겨진 권력을 행사할 책임이 있다는 것이다. 따라서 필요하다면 대포 같은 수단을 사용하는 것도 마다하지 않는다. 다른 한편으로 이성적인 사람은 자신이 '어리석다'고 생각하는 것들과 본능이 점점 강력해지면 때로는 절망하기도 하고, 때로는 그것들을 박해하고 벌하고 죽여야 하는 일로 몹시 괴로워하기도 한다.

그에게 최고의 순간은 온갖 모순에도 불구하고 근본적으로 이성이 세상을 창조하고 관장하는 정신과 하나라는 믿음을 자기 속에서 강하게 느낄 때이다.

이성적인 사람은 늘 합리화라는 명분으로 세계에 폭

력을 가하고, 냉혹한 진지함으로 흐르는 경향이 있다. 그는 세상의 교육자를 자처한다.

이성적인 사람은 항상 자신의 본능을 불신하는 경향이 있다.

이성적인 사람은 늘 자연과 예술에 불안감을 느낀다. 어떤 때는 자연과 예술을 경멸적으로 얕잡아보기도 하지만, 어떤 때는 미신적일 만큼 과대평가하기도 한다. 옛 예술 작품에 수백만 마르크를 지불하거나 조류와 맹수, 인디언을 위해 보호 구역을 지정하는 사람도 바로 그들이다.

반면에 경건한 사람에게 믿음의 이유와 삶의 감정은 경외심이다. 경외심은 무엇보다 두 가지 주요 특징으로 표출된다. 합리성으로는 설명할 수 없는 세계 질서에 대한 믿음과 자연 감각이다. 경건한 사람은 이성을 자연의 아름다운 선물로 존중하지만, 세계를 인식하고 장악하기 위한 충분한 수단이라고 생각하지 않는다.

경건한 자는 인간이 지구에 봉사하는 존재라고 믿는

다. 그들은 죽음과 덧없음의 공포에 사로잡히면 창조주나 자연이 우리를 두렵게 하는 이 수단을 통해 자신의 목적을 이루려 한다고 믿고, 죽음을 잊거나 죽음에 대한 생각과 맞서 싸우는 것이 아니라 두려워 떨면서도 더 높은 의지에 경건하게 따르는 것을 미덕으로 여긴다.

경건한 사람은 자신의 본보기가 이성이 아니라 자연이기에 진보를 믿지 않는다. 자연에는 어떤 진보도 없다. 그들은 그저 최종 목표 없이 무한한 힘을 만끽하고 실현하는 자연만 볼 뿐이다.

경건한 사람도 이따금 이성적인 사람을 미워하고 싫어하는 경향을 보인다. 예를 들어 성경에는 불신앙과 세속적 이상을 징치懲治하는 극단적인 사례들이 수두룩하다. 하지만 드물게 고귀한 순간이 찾아오면 경건한 사람은 이성적인 인간들의 온갖 광신과 난폭함, 이상이라는 이름하에 자행되는 모든 전쟁과 박해, 노예화조차 궁극적으로 신의 목적에 복무한다는 믿음을 주는 영적 체험의 섬광을 경험한다.

경건한 사람은 권력을 얻으려 애쓰지 않고 남에게 강요하는 것을 꺼린다. 명령하는 것도 좋아하지 않는다. 이것이 그들의 가장 큰 미덕이기는 하지만, 정말 자신에게 가치 있는 일을 할 때도 너무 뜨뜻미지근하고, 정적주의나 명상으로 흐르는 경향을 보이기도 한다. 또한 자기 이상의 실현을 위해 노력하지 않고 이상을 마음속 깊이 품는 것으로 만족할 때도 많다. 신 또는 자연이 우리보다 훨씬 더 강하기에 자신은 개입할 필요가 없다고 생각하기 때문이다.

경건한 사람은 신화와 쉽게 사랑에 빠진다. 그도 불신자를 미워하거나 멸시할 수 있지만, 박해하거나 죽이지는 않는다. 소크라테스와 예수는 박해하거나 죽이는 자가 아니라 늘 핍박받는 자였다. 그런데 경건한 사람은 경솔하게도 적잖은 책임을 스스로 걸머질 때가 많다. 그러니까 선한 이상의 실현에 웬만큼 책임을 질 뿐만 아니라 적이 자신을 죽임으로써 지게 될 죄악과 자신의 몰락에 대해서도 스스로 책임을 떠안으려 한다.

경건한 사람은 세상을 신화화하고, 그것을 넘어 현실을 충분히 진지하게 받아들이지 않을 때가 많다. 그들은 늘 무언가를 놀이로 삼는 경향이 있다. 아이들도 교육의 대상이 아니라 축복받은 존재들이라며 그냥 내버려 두기만 한다. 또한 그들은 늘 자신의 오성을 불신하는 경향이 있다.

경건한 사람은 언제나 자연과 예술에서 안전함과 편안함을 느낀다. 반면에 교육과 지식에 대해서는 불안해한다. 그런데 그들은 어떤 땐 교육과 지식을 우둔한 것으로 경멸하면서 부당하게 취급하다가도, 어떤 땐 거의 광적으로 과대평가하기도 한다. 충돌의 극단적인 사례를 들어 보자. 만일 경건한 사람이 합리적 세계의 시스템에 말려들어 가, 자신의 의사와 상관없이 이성적인 사람의 명령에 따라 움직일 수밖에 없는 소송이나 전쟁에서 목숨을 잃게 되면 항상 양쪽 다 책임이 있다. 이성적인 사람에게는 사형과 감옥, 전쟁, 대포 같은 것을 만든 책임이 있다면, 경건한 사람에게는 이 모든 것이 불가능하도록 아무런 노력을 기울이지 않았다는 책임이 있다. 세계사에서 경건한 이가 이성적인 인간들에 의해 살해당한 것을 다른 어떤 사건들보다 더 분명하고 상징적으로 보여 준 두 소송이 있다. 바로 소크라테스와 예수 그리스도에 대한 소송이다. 이 두 소송은 오싹한 이중성을 보여 준다. 고대 아테네인들과 로마 총독 빌라도는 체면을 잃지 않고 피고인들을 방면해 줄 방법을 찾을 수 없었을까? 예수도 그렇지만 소크라테스 역시 한편으로는 잔인한 그런 영웅적 단호함 대신 다른 방법으로 적에게 죄를 묻고, 죽어 가면서 적에 대한 승리감을 맛볼 수는 없었을까? 그들은 별로 힘들이지 않고 비극을 막을 수는 없었을까? 틀림없이 있었을 것이다. 하지만 비극은 결코 막을 수 없다. 비극은 불행한 사고가 아니라 상반된 두 세계의 충돌이기 때문이다.

내가 지금껏 줄곧 '경건한 사람'과 '이성적인 사람'을 대치시켜 왔다면, 독자들은 이 두 용어의 순수 심리학적 의미에 주목하기 바란다. 겉으로 보면 '경건한 사람'이 칼을 휘둘러 '이성적인 사람'의 피를 흘리게 하는 경우도 무척 많았다(예를 들면 종교재판). 그런 측면에서 보자면 내가 말하는 경건한 사람이란 단순히 성직자를 의미하지 않고, 이성적인 사람도 단순히 생각하는 것을 좋아하는 이를 가리키지 않는다. 만일 스페인의 이단 재판소가 어떤 '자유사상가'를 화형에 처했다면 여기서 이성적인 사람이자 조직가이자 권력자는 재판관이고, 경건한 사람은 그 희생자라는 말이다.

덧붙이자면, 나의 이 인간 유형론에 담긴 일정한 폭력성에도 불구하고, 경건한 사람에게는 현실적인 능력이 없고 이성적인 사람에게는 천재성이 없다고 생각하는 것은 당연히 내 의도와는 거리가 한참 멀다. 천재는 두 진영 모두에서 번성할 수 있다. 이상주의와 영웅주의, 희생정신도 마찬가지다. 나는 헤겔과 마르크스, 레닌(심지어 트로츠키까지) 같은 '이성적인 사람'을 모두 천재라고 생각한다. 반면에 톨스토이처럼 경건하고 비폭력적인 사람도 그 이념의 '실현' 과정에서 막대한 희생을 부른 게 사실이다.

내가 볼 때 천재적인 사람의 특징은 대체로 정해져 있다. 자신의 유형을 특히 성공적으로 구현하고 있으면서도 동시에 반대 유형에 대한 은밀한 동경과 조용한 존경을 품은 사람들이다. 숫자에만 의존하는 사람은 감정에만 매달리는 사람만큼 천재적이지 않다. 일부 예외적인 사람은 이 두 가지 기본 유형 사이에서 흔들릴 뿐 아니라 두 가지 대조적인 재능이 서로를 질식시키지 않고 강화하는 것처럼 보인다. 그런 예들에 속하는 사람이 파스칼 같은 경건한 수학자들이다.

경건한 천재와 이성적인 천재가 서로 잘 알고, 서로 은밀히 사랑하고, 서로 매력에 끌리듯이 우리 인간이 할 수 있는 최고의 정신적 체험은 늘 이성과 경외심의 화해이자, 위대한 두 대립의 동등한 인정이다.

결론을 내보자. 지금까지 설명한 두 가지 사고 틀을

서로 연결시키면, 다시 말해 인간 발달의 세 단계 도식을 인간의 두 가지 기본 유형론에 적용시키면, 세 단계의 의미는 두 유형 모두에게 동일하지만 여기서도 두 유형의 위험과 희망은 서로 다르다는 것을 알 수 있다. 유아기적인 상태와 자연스러운 순진무구함은 두 유형에서 비슷하게 나타난다. 하지만 인간 발달의 첫걸음인 선악의 제국에 들어서면서부터 이미 두 유형의 얼굴은 다르다. 경건한 사람은 좀 더 아이 같고, 내키지는 않지만 어쩔 수 없이 낙원을 떠나 죄악을 경험한다. 대신 죄악에서 은총으로 나아가는 과정에서는 단단한 날개를 단다. 일반적으로 경건한 사람은 프로이트가 "문명 속의 불쾌감"이라 불렀던 중간 단계를 되도록 떠올리지 않으려 하고, 최대한 거기서 벗어나고자 한다. 게다가 원래 천성이 죄악과 불쾌의 제국에 어울리지 않기에 경우에 따라선 구원 단계로의 비약이 한결 쉽다. 그에겐 선악도 책임질 일도 없는 유아기의 낙원으로 도주하고픈 생각이 종종 떠오르고, 실제로 성공하기도 한다. 반면에 이성적인 사람에게 두 번째 단계인 죄악의 단계는 문화와 활동, 문명의 단계이고, 그들이 가장 편하게 지내는 고향이다. 어린 시절의 찌꺼기는 그에게 오랫동안 귀찮게 달라붙어 있지 않다. 그는 일하는 걸 좋아하고, 흔쾌히 책임을 떠맡으며, 잃어버린 어린 시절을 그리워하지 않고, 선과 악에서 해방되기를 강하게 바라지 않는다. 물론 그도 그런 경험을 갈망하고 실제로 할 수 있음에도 말이다. 그는 경건한 사람보다, 도덕과 문화에 의해 부여된 과제가 반드시 처리될 거라는 믿음에 더 쉽게 굴복한다. 반면에 노력의 좌절과 정의의 부질없음으로 이루어진 절망의 중간 상태에는 쉽게 도달하지 못한다. 물론 일단 절망이 시작되면 책임질 필요가 없는 이전 세계로 도주하고픈 유혹에 더 쉽게 빠진다.

순진무구함의 단계에서 경건한 사람과 이성적인 사람은 마치 성품이 완전히 다른 아이들이 서로 다투듯 싸운다.

두 번째 단계에서 이 양극은 지식을 갖춘 채 국가 행위의 폭력성과 비극적 열정으로 싸운다.

세 번째 단계에서 두 전사는 서로를 알아보고, 더는 낯선 타인이 아닌 서로 의존하는 존재임을 인식하기 시작한다. 그들은 서로 사랑하고 갈망한다. 여기서부터 지금껏 인간의 눈으로는 본 적이 없는 인간 됨의 가능성으로 들어가는 길이 열린다.

__1932년

나는 오늘날 경건한 사람이 더는 없다는 말을 자주 듣는다. 그런 식으로 이야기하자면 오늘날에는 음악도 파란 하늘도 없다고 말할 수 있다. 나는 경건한 사람이 아직 많다고 생각한다. 일단 나 자신부터 경건하다. 다만 항상 그런 것이 아닐 뿐이다.

경건성의 길은 사람 수만큼이나 다르다. 내게 그 길은 수많은 오류와 고통, 자학, 어리석음, 번민의 밀림이었다. 나는 자유로운 영혼으로서 경건성을 영혼의 질병으로 알고 있었다. 그랬기에 나는 고행자로서 내 살에 못을 박았다. 경건함이 건강함과 명랑함을 의미한다는 사실을 몰랐던 것이다.

경건함은 곧 믿음이다. 소박하고 건강하고 순진무구한 사람, 어린아이, 자연인은 믿음을 갖고 있다. 그러나 우리처럼 더는 천진하지 않은 사람들은 우회로에서 믿음을 찾아야 한다. 자기 자신에 대한 믿음이 출발점이다. 믿음은 계산과 죄책감, 가책, 고행, 희생을 통해 얻을 수 있는 것이 아니다. 그런 노력은 모두 우리 바깥

의 신에게 향한다. 우리가 믿어야 할 신은 우리 안에
있다. 자기 자신에게 "아니요"라고 말하는 사람은 신에
게 "예"라고 말할 수 없다.

__『방랑』(1918/19) 중에서

성찰

정신은 신성하고 영원하다.
우리는 그의 모사이자 도구이고, 우리의 길은
그를 향해 나아가고, 우리의 가장 깊은 갈망은
그처럼 되어 그의 빛 속에서 빛나는 것이다.

그러나 우리는 지상에, 죽을 수밖에 없는 존재로 창
조되었고,
존재의 무게는 우리 피조물을 천천히 짓누른다.
자연이 우리를 어머니처럼 따뜻하게 안아 주고,
대지는 우리에게 젖을 먹이고 요람과 무덤을 만들어
준다.
그러나 자연은 우리를 평화롭게 해 주지 못하고,
죽지 않는 정신의 불꽃은
어머니 자연의 마법을 깨뜨리고
아버지처럼, 아이를 남자로 만들고,
순수함을 지우고 투쟁과 양심을 일깨운다.

이렇게 어머니와 아버지 사이에서,

이렇게 육체와 정신 사이에서

창조의 가장 연약한 아이는 주저하고,

떨리는 영혼인 인간은 다른 어떤 존재와도 비교할 수 없을 만큼

괴로워하면서도 지고의 것을 추구하는 능력을 갖춘다,

경건하고 희망적인 사랑의 능력을.

인간의 길은 험하고, 인간의 양식은 죄와 죽음이다.

인간은 종종 어둠 속에서 길을 헤매고, 어떤 때는

차라리 태어나지 않았다면 하고 바란다.

그러나 머리 위에서는 갈망이,

그의 소명이기도 한 빛과 정신이 그를 비춘다.

그리고 우리는 느낀다. 위험에 처한 인간을

영원한 존재가 특별한 애정으로 사랑하고 있음을.

그런 까닭에 우리 방황하는 형제들에게

사랑은 분열 속에서도 가능하고,

심판과 미움이 아닌

인내하는 사랑이,

사랑하는 인내가 우리를

성스러운 목표로 더 가까이 이끌어 준다.

__1933년 11월 20일

우리는 우리 자신에게 절망할 권리는 있지만, 인간 자체가 오염됐거나 타락했다고 선언할 권리는 없다. 지난 세월이 아무리 우리의 인간상과 모순되는 것처럼 보일지라도 우리는 이 상을 계속 소중하게 간직해서 후손에게 물려주어야 할 사명이 있다.

__『기억에 대해』(1930) 중에서

돌아보면 우리는 정신적인 것과 영속적인 것, 정신의 작업, 성경과 철학, 이 모든 것 속에서 이루어진 '발전'이 수천 년 동안 무척 미미했다는 사실을 분명히 알 수 있습니다. 고대 인도에서부터 토마스 폰 아퀴나스 또는 에크하르트에 이르기까지 외양만 계속 바뀌었을 뿐 그 안에 담긴 진리는 항상 동일했다는 말이지요. 물론 그 진리는 세상과 대중이 아닌 아는 자들만 깨닫는데, 그렇게 아는 사람은 항상 소수입니다. 하지만 어쩌면 그들에게는 자신을 감싸고 숨겨 주는 대중이 필요할지도 모릅니다. 대중에게 그들이 필요한 것처럼.

_1937년 10월의 한 편지에서

감사하게도 당신은 나를 기둥이라고 부르지만, 스스로 보기에 나는 무거운 것을 숱하게 매달고 있고, 반쯤 가닥이 풀리고, 지나치게 팽팽하게 당겨진 밧줄처럼 느껴집니다. 거기다 무거운 것이 새로 추가될 때마다 이제 곧 끊어질 거라는 기분이 들 정도죠. 그럼에도 당신이 무슨 의미로 나를 기둥이라고 했는지는 알 듯합니다. 내 안에서 굳센 믿음처럼 무언가 나를 단단히 잡아주는 것이 있다고 믿는 것이겠지요. 단순히 익혀서 몸에 밴 것도, 단순히 머리로만 알고 있는 것도 아닌, 기독교의 유산이라든지 인도주의 같은 것들 말입니다. 그런 측면에서는 당신의 말도 일리가 있습니다. 다만 나는 그 믿음을 간명하게 표현하기 어렵습니다. 그럼에도 굳이 표현하자면 이렇습니다. 나는 인간이 거대한 오물더미 속에서도 소멸되지 않고, 최악의 타락에서도 빠져나오는 방법을 아는 경이로운 가능성의 존재라고 믿습니다. 이 가능성은 언제나 희망과 요청으로 느껴질 만큼 강력하고 유혹적입니다. 그런데 인간으로 하여금 더 높은 가능성을 꿈꾸게 하고 동물로부터 멀어지게 하는 힘은 항상 동일합니다. 오늘은 그것을 종교라고, 내일은 이성이라고, 모레는 뭔가 다른 것으로 부르더라도 말입니다. 우리가 현실 인간과 가능성 인간, 즉 꿈꾸는 인간 사이에서 방황하는 것은 종교에서 인간과 신의 관계와 비슷합니다.

인간에 대한 이 믿음, 그러니까 인간에게 진리에 대한 갈망과 질서에 대한 욕구가 내재해 있다는 믿음은 나를 살아 내게 하는 힘입니다. 덧붙이자면, 나는 오늘날의 세상이 정신병원 혹은 끔찍할 정도로 구역질을 불러일으키는 저질스러운 선정적 연극이라고 생각합니다. 그래서 마치 정신병자와 만취자를 볼 때처럼 언젠가 세상 사람들이 제정신을 차리면 스스로 얼마나 부끄러울까 하는 느낌이 듭니다.

__1938년 7월 10일 편지에서

인간은 고정되고 영구적인 존재가 아니라(이는 고대 현인들의 상반된 의견에도 불구하고 고대인들의 이상이었다) 오히려 시도이자 과정이고, 자연과 정신 사이를 잇는 좁고 위험한 다리에 다름 아니다. 인간을 정신이자 신으로 몰고 가는 것은 깊고 깊은 소명이고, 뒤편의 어머니 자연으로 돌아가게 하는 것은 내면의 간절한 동경이다. 인간의 삶은 이 두 힘 사이에서 불안하게 흔들린다. 우리가 그때그때 '인간'이라는 개념으로 이해하는 것은 늘 일시적인 시민적 합의일 뿐이다. 합의라는 이 인습에서는 아주 거친 일부 본능은 거부되거나 경멸되고, 약간의 의식과 예의범절, 탈짐승화는 인정되고, 약간의 정신은 단순히 허용을 넘어 요구되기까지 한다. 이런 인습 속의 '인간'은 모든 시민적 이상과 마찬가지로 일종의 타협이자, 나쁜 어머니 자연과 성가신 아버지 정신을 속여 그들의 맹렬한 요구를 빼앗고, 대신 그 둘 사이의 어중간한 중간에 머물려고 하는 소심하고 영악한 시도이다. 때문에 시민은 '개성'이

라고 부르는 것을 허용하고 용인하지만, 동시에 몰렉[*]
'국가'에 개성을 넘김으로써 끊임없이 그 둘을 반목시
킨다. 그리하여 시민들은, 오늘은 이단자를 불태우거나
범죄자의 목을 매달지만, 내일은 그 범죄자의 기념비를
세운다.

__『황야의 이리』(1927) 중에서

---

[*] 고대 셈족이 섬기던 화신火神. 제물로 바쳐진 어린아이를 불 속에 던졌다고
   한다.

우리가 국가 및 유사 권력들로부터 무방비 상태라는 네 말은 맞다. 하지만 거기서, 우리도 '양심 없이' 스스로를 방어함으로써 그에 대응해야 한다고 결론 내리는 것은 완전히 잘못된 생각이야. 세상이 양심 없다고 욕해서는 안 돼. 그러면 우리도 똑같이 양심 없는 인간이 되지. 우리에게 양심이 있고, 우리가 어떤 일이든 다 해도 된다고 생각하지 않고, 미움과 살인, 그 밖의 온갖 파렴치한 짓거리에 동참하지 않는 건 우리만의 특권이자 고결함이야. 모든 문화가 여기서 시작돼. 그리고 동물적일 수밖에 없는 우리의 삶에 영혼을 불어넣고, 예술과 종교, 여타 정신적 가치의 모든 가능성도 여기서 출발하지. "난 세상의 모든 걸 경멸해." 이 거친 표현은 너희가 처음 발명한 게 아니야. 이런 말은 역사적으로 이미 숱하게 나왔어. 우린 그런 표현을 관용할 수 있고, 잔인한 권력에 대한 약하고 배우지 못한 사람들의 반응으로 이해할 수 있지만, 그것을 인정하고 옳다고 생각할 수는 없어.

__1933년 1월, 아들 하이너에게 보낸 편지에서

폭력은 악이고, 비폭력은 각성한 이들의 유일한 길입니다. 그런데 이 길은 결코 만인의 길이 아닐 뿐더러 세계사를 만들고 전쟁을 벌이는 자와 지배자의 길도 아닙니다. 따라서 이 땅은 결코 낙원이 될 수 없습니다. 인류가 신과 화해해서 하나가 되는 일도 영영 없을 것입니다. 악인은 세계를 손아귀에 넣고 지배하고, 무관심한 이들은 환호하든 삐걱거리든 그들과 함께 달려가고, 각성한 소수의 사람들은 그런 모습을 지켜볼 것입니다. 악의 세계와 권력에 대항하려고 언제나 부처와 소크라테스, 예수, 초기 기독교, 퀘이커파, 간디의 정신 같은 놀라운 구원 시도들을 내세우면서 말입니다.

자신이 어느 편에 서 있는지 알면 좀 더 자유롭고 침착하게 살 수 있습니다. 우리는 늘 고통과 박해에 대비해야 하지만, 결코 사람을 죽일 각오를 해서는 안 됩니다.

_1950년 8월 10일 편지에서

누군가가 자기 자신에게 많은 것을 요구하는 것은 충분히 이해하고 동의할 수 있지만, 그 요구를 남들에게로 확장해서 자신의 삶을 온통 선을 위한 '투쟁'으로 만든다면 나는 그에 대한 판단을 유보할 수밖에 없습니다. 왜냐하면 나는 투쟁과 행동, 반대 활동에 조금도 가치를 두지 않을 뿐 아니라 오히려 세상을 바꾸려는 의지가 항상 전쟁과 폭력으로 이어졌다고 생각하기 때문이지요. 따라서 나는 어떤 반대 활동에도 동참하지 않습니다. 그런 활동의 궁극적인 결과에 동의할 수 없기 때문입니다. 게다가 나는 원칙적으로 이 땅의 불의와 악의가 치유될 수 있다고도 생각하지 않습니다. 우리가 바꿀 수 있고 바꿔야 하는 것은 우리 자신입니다. 우리의 조바심, 우리의 이기심(정신적인 부분까지 포함해서), 쉽게 상처받는 마음, 사랑과 관용의 결핍 같은 것을 바꿔야 한다는 말이지요. 세상의 다른 변화는 아무리 좋은 의도에서 나온 것이라고 하더라도 다 쓸데없다고 생각합니다. 때문에 나는 야당과 야권 성향의 언론과 어떤 관련도 맺지 않습니다. 이런 측면에서 나는 안타깝지만 당신에게 조언해 드릴 말이 없습니다.

　당신의 입장을 비난하려고 이런 말을 하는 것은 아닙니다. 나는 모든 진지한 의사를 존중합니다. 다만 나의 입장은 당신과 다릅니다. 이건 분명히 밝혀야 할 것 같습니다.

　당신 같은 위치에 있는 사람이라면 희생과 양보가 따르더라도 어딘가에서 긍정적이고 건설적으로 봉사하는 일을 찾는 것이 가장 좋아 보입니다. 내가 볼 때 이게 추구할 만한 유일한 일일 것 같습니다. 속박과 폭력에 맞서는 지적 투쟁도 때로 필요하지만, 나는 그게 고통받는 사람을 일으켜 세우고 행복하게 만드는 일이라고 생각하지 않습니다.

_1933년 9월 25일 편지에서

늦은 시련

삶의 광활함에서 다시금
운명이 나를 협소한 궁지로 몰아넣고,
어둠과 번다함 속에
시련과 고난이 기다리고 있을 줄이야!

오래전에 얻었다고 믿은
평온과 지혜, 말년의 평화,
후회 없는 인생 고백,
이 모든 게 정말 내 것이었을까?

아, 그 행복들이
하나하나 조금씩
내 손에서 깨져 나가고,
그것으로 환한 날도 끝나 버렸으니.

파편 산과 폐허 더미가
세상이 되었고 내 삶이 되었다.

나는 울면서 항복하고 싶었다,

이 저항만 없었다면.

나를 버티게 하고 나를 지켜 주는

영혼 저 깊은 곳의 저항만 없었다면,

나를 괴롭히는 것이 결국

찬란한 빛으로 향하리라는 믿음만 없었다면.

여러 시인들의 이 천진한 믿음,

모든 지옥 저 높은 곳에

영원히 꺼지지 않는 빛이 있으리라는

이 비이성적이고 끈질긴 어린아이의 믿음만 없었다면.

_1944년 11월 10일

네, 당신 자신에게, 당신의 고립과 감정, 당신의 운명에게 "예"라고 말하십시오! 다른 방법은 없습니다. 그 길이 정확히 어디로 갈지는 모르지만, 삶과 현실, 활활 타오르는 열정과 필연으로 이어지는 것은 분명합니다. 그 길이 참을 수 없을 만큼 힘들어 어쩌면 스스로 목숨을 끊을 수도 있습니다. 그 길은 누구에게나 열려 있고, 그에 대한 생각은 나를 포함해 누구에게나 도움이 됩니다. 하지만 운명과 인생의 의미를 배반함으로써, 세간의 '정상적인 삶'에 합류함으로써, 혹은 다른 결정을 내림으로써 그 길에서 벗어나서는 안 됩니다. 그건 오래가지 못할 뿐 아니라 지금보다 더 큰 절망을 가져올 수 있습니다.

당신의 또 다른 질문은 대답하기가 더 어렵습니다. 우리 같은 삶, 그러니까 세간의 본류에서 벗어나 있고, 비정상적이고, 세상과 다른 법에 따라 사는 우리의 삶이 가치가 있는지, 그렇게 사는 사람은 행복한지 물으셨지요. 나는 그에 대한 답을 알지 못합니다. 혹은 매일 다른 대답을 합니다. 내가 애쓰고 믿었던 모든 것이 부질없고 어리석은 짓이었다는 생각이 드는 날이 있습니다. 그러다 어떤 날은 나 자신과 내 삶이 그렇게 힘들어도 지극히 정당하고 성공적이라는 느낌이 들면서 몇 시간이라도 무척 행복해합니다. 하지만 내 믿음을 다시 괜찮은 문구로 포장하고 표현했다는 느낌이 들 때마다 그건 곧 다시 미심쩍고 어리석은 것으로 변하고, 나는 새로운 확증과 형식을 찾아 나섭니다. 그것은 때로는 고통이자 고난이지만, 때로는 지극한 기쁨입니다.

__1932년 10월의 한 편지에서

자연에는 선함도 이성도 없다. 그러나 우리 안에는, 우연의 장난감에 불과한 우리 인간 안에는 선함과 이성이 있다. 우리는 불과 몇 시간일지라도 자연보다, 운명보다 더 강할 수 있다. 또한 필요하다 싶으면 서로 곁을 내주고, 이해의 눈길을 주고받고, 서로 사랑하고 보듬으며 살 수 있다.

때로 마음속의 어둠이 걷히면 우리는 그 이상도 할 수 있다. 한순간 신이 되어 명령의 손짓으로, 전에는 존재하지 않았고 창조 뒤에는 우리 없이도 살아 나갈 사물들을 창조할 수 있다. 또한 소리와 말, 그 밖의 허약하고 쓸모없는 것들로 음악 작품을 만들 수도 있다. 의미와 위로와 선함으로 가득하고, 우연과 운명의 화려한 연주보다 더 아름답고 영원한 선율과 노래를. 우리는 신을 마음속에 품을 수도 있다. 마음 깊은 곳에 신이 가득 들어차면 가끔 신은 우리의 눈으로 사물을 바라보고, 자신을 알지 못하거나 알려고 하지 않는 사람들에게 말을 건다. 우리는 우리의 심장을 삶에서 빼낼

수 없지만, 마음을 수양하고 가르치면 우연을 극복하고
고통도 굴절 없이 바라볼 수 있다.

__『게르트루트』(1908/09) 중에서

만인에게 동일하게 적용할 수 있는 객관적인 삶의 의미는 어디에도 없습니다. 원시적인 사람은 동물처럼 살아갑니다. 삶의 의미를 알 필요조차 없이 본능적으로 살아간다는 말이지요. 반면에 남들과 다른 개성적인 삶을 지향하는 사람은 더 힘들게 살지만 더 아름답습니다. 우리 같은 사람에게 삶은 우리가 부여할 수 있는 딱 그만큼의 의미가 있습니다. 예술이나 학문에서 삶의 의미를 찾든, 미의 지혜로운 향유를 위해 감각과 영혼을 도야하든, 아니면 도덕적 완성을 위해 치열하게 나아가든, 모두 삶을 살 만한 것으로 만들기에 충분한 가치들입니다.

_1946년 가을의 한 편지에서

나는 모든 사람의 탐색을 진지하게 받아들입니다.
삶의 사실로서 말이지요. 또한 실제 경험을 통해 내 눈
에 무가치한 사람으로 드러나지 않는 이상 모든 개인
을 절대적으로 존중합니다. 심지어 아주 순진하게도 나
는 나 자신과 내 작품들에 대해서도 당연하다는 듯이
동일한 믿음에서 출발했습니다. 즉, 독자들이 나를 버
리든지 아니면 내 진심을 알아주고 큰 신뢰를 보내든
지 할 거라고 생각한 것이지요.

당신과 나 사이의 간극은 그저 나이 차이에서 온 것
일 수도 있습니다. 당신처럼 젊은 사람에게 실존과 탐
색, 고통은 당연히 아주 중요한 무게로 다가올 것입니
다. 반면에 늙은 사람에게는 그런 탐색이 잘못되었고,
삶에서 빗나간 것처럼 보입니다. 만일 당신이 탐색을
통해 어떤 객관적인 것도, 자신이나 자신의 걱정보다
더 높은 어떤 것도, 숭배할 만한 어떤 절대적인 것이
나 신적인 것도, 당신이 섬겨야 하고 오로지 그 섬김만
이 인생의 의미인 그런 것을 발견하지 못했다면 말입

니다.

　다른 한편으로 나는 당신의 탐색과 고통을 무조건 진지하게 받아들입니다. 그리고 당신의 탐색 결과가 언젠가 나의 것과 비슷한 것으로 증명되길 간절히 소망합니다. 표현된 형식과 이미지 면에서가 아니라 당신 자신의 삶을 위한 의미와 가치 면에서 말입니다.

　청춘에게 필요한 것은 스스로를 진지하게 받아들이는 것이고, 노년에게 필요한 것은 스스로를 희생하는 것입니다. 저 높은 곳에 당신을 진지하게 생각하는 무언가가 있기 때문입니다. 나는 어떤 신조든 간명하게 공식화하는 것을 좋아하지 않지만, 분명한 것은 정신적인 삶이 이 양극 사이에서 일어난다는 것입니다. 청춘의 사명과 갈망, 의무가 '스스로를 만들어 나가는 것'이라면 성숙한 사람의 사명은 '자기를 버리는 것'입니다. 과거 독일 신비주의자들은 그걸 '비움'이라고 불렀지요. 우리는 일단 온전한 인간, 온전한 개성이 되어야 하고, 그것이 되어 가는 과정의 고통을 견뎌야 합니다.

세상이 개인에게서 개성을 빼앗기 전에 말입니다.

__1933년 1월의 한 편지에서

꽃가지

쉼 없이 이리저리
꽃가지가 바람결에 나달거린다.
쉼 없이 아래위로
내 마음이 아이처럼 사부작거린다.
환한 날과 흐린 날 사이에서,
욕망과 고행 사이에서.

꽃잎이 바람에 흩어지고,
가지에 열매가 달릴 때까지,
아이 상태에 지친 내 마음이
차분히 가라앉으면서
삶의 소란스러운 놀이도 무척 즐거웠고
헛되지 않았다고 고백할 때까지.

__1913년 2월 14일

내가 음악가라면 어렵지 않게 2성부 멜로디를 쓸 수 있을 것이다. 서로 호응하거나 보완하고, 서로 제한하거나 싸우면서도, 매 순간 모든 지점에서 아주 내밀하고 생동감 넘치는 상호작용과 상호 관련성이 이루어지는 두 개의 선, 두 개의 음부와 악보로 이루어진 멜로디 말이다. 악보를 읽을 줄 아는 사람이라면 누구나 나의 이 이중 멜로디를 하나하나 짚어 내고, 모든 음에서 항상 반대음, 즉 형제이자 적이자 대척자를 보고 들을 것이다. 그래, 바로 이거다. 나는 나의 재료, 즉 글로써 이 2성부, 이 영원히 이어지는 반명제와 이중 선율을 표현하고 싶다. 손가락이 부르트도록. 하지만 잘 안 된다. 나는 포기하지 않고 새로 시도한다. 이때 내 작업에 무언가 긴장과 압박을 주는 것이 있다면 그건 오직 불가능한 것을 향한 강렬한 노력과 다다를 수 없는 것을 향한 치열한 투쟁뿐이다. 나는 이중성을 표현하고 싶다. 멜로디와 반대 멜로디가 항상 동시에 들리고, 모든 다양성에는 항상 통일성이, 모든 농담에는 항상 진지함이 어른거리는 그런 글을 쓰고 싶다. 왜냐하면 내게 삶의 본질이란 오로지 그런 양극 사이에서 흔들리고, 세계의 두 기둥 사이에서 요동치는 것에 다름 아니기 때문이다. 나는 세상의 지극히 행복한 다양성을 기쁜 마음으로 끊임없이 말하고 싶고, 마찬가지로 그 다양성의 뿌리에 통일성이 있음을 끊임없이 상기시키고 싶다. 또한 아름다움과 추함, 밝음과 어둠, 죄악과 거룩함은 늘 순간적으로만 대립할 뿐 끊임없이 서로를 넘나든다는 사실도 말해 주고 싶다. 내가 볼 때, 인류 최고의 말은 이런 이중성을 마술적 기호로 표현한 것들이다. 그중에서도 최고는 세계의 거대한 대립을 필연성인 동시에 허상으로 인식한 소수의 신비스러운 금언과 비유다. 중국인 노자의 글에는 삶의 양극이 순간의 섬광 속에서 서로 맞닿는 듯한 금언이 여럿 등장한다. 하지만 그런 기적 같은 금언은 예수의 많은 말 속에 한층 더 고결하고 단순하고 가슴을 울리는 방식으로 담겨 있다. 그중에서도 내가 정말 감동하는 것이 있다. 하나의 종교와 교리, 교파가 수천 년에 걸쳐 선과 악, 정의와 불의에 대한 가르침을 점점 더 섬세하고 빈틈없이 정비해 나가고, 정의와 순종에 대해 점점 더 높은 요구를 하다가, 마침내 아흔아홉 명의 의인도 신 앞에서는 회개하고 돌아온 한 명의 죄인보다 못하다는 그 절묘한 말로 깨달음의 정점을 찍은 가르침 말이다.

하지만 내가 이 최고의 깨달음을 널리 알려야겠다고 생각했다면 그건 오류를 넘어 죄악일지도 모른다. 아마 현재 우리 세계의 불행은 이 최고의 지혜가 길거리 곳곳에서 판매되고 있고, 모든 교회가 당국과 돈, 애국심에 대한 믿음과 함께 예수의 기적에 대한 믿음을 소리 높여 외치고, 가장 귀하면서도 위험한 지혜의 보고인 신약성서가 모든 상점에서 팔리고, 심지어 전도용으로 널리 공짜로 보급되는 데 있을 것이다. 어쩌면 예수의 여러 말 속에 담긴 그런 기상천외하고 대담하고 심지어 충격적이기까지 한 통찰과 인식은 보호 장벽을 쳐서 조심스럽게 숨겨야 할지 모른다. 또한 그런 강력한 말의 의미를 깨닫기 위해선 삶 속의 다른 고귀한 가치를 추구할 때처럼 몇 년의 시간을 바치고 목숨을 건다는 각오로 위험을 감수하는 편이 바람직할지도 모른다. 그리 된다면(나는 그런 날이 간혹 있을 거라 믿는다) 아무리 형편없는 대중 작가라도 늘 영원한 것을 표현하려고 애쓰는 사람보다 더 훌륭하고 올바른 일을 해내리라고 생각한다.

　이것이 나의 딜레마이자 문제다. 이에 대해 많은 말을 할 수 있지만, 그렇다고 문제가 해결되지는 않는다. 삶의 양극을 안으로 구부려 서로 맞닿게 하고, 삶의 2성부 멜로디를 글로 풀어내는 건 결코 성공하지 못할 것이다. 그럼에도 나는 내면의 희미한 명령을 따라 시도하고 또 시도할 것이다. 이것이 나의 시간을 감는 태엽이다.

__『요양객』(1923) 중에서

책

이 세상의 어떤 책도
너에게 행복을 가져다주지 못하지만
어느 순간 슬그머니 너를
너 자신에게로 돌아가게 한다.

너에게 필요한 모든 것이 거기 있다,
해와 달, 별까지.
네가 찾는 빛이
너 자신 안에 있기 때문이니.

오랜 세월 네가
책 속에서 찾던 지혜가
이제 책장마다 반짝거린다.
그건 이제 너의 것이기 때문이니.

_1918년 4월

아들 브루노에게

네가 쓴 모든 말이 여전히 내 가슴에 생생하게 울리는구나. 많은 말을 하지 않아도 내가 너의 어려움과 낙담을 충분히 이해하고 있음을 너도 짐작할 게다. 너는 그런 점을 내게서 물려받았고, 나를 많이 닮았다. 우리 같은 사람에겐 삶이 어려운 법이다. 대신 우리는 남들이 갖지 못한 것, 그러니까 겉으론 단순하고 좀 더 행복해 보이는 사람들에게는 없는 것을 많이 갖고 있다. 우리는 스스로에게 늘 많은 것을 요구하고, 우리의 삶에 하나의 의미와 하나의 숭고한 목표가 있기를 바란다. 그리고 온갖 미혹에도 불구하고 그런 의미와 목표는 늘 있어 왔다.

시인으로서 나의 재능은 타고난 것이기는 하지만, 그 재주를 웬만큼 능숙하게 발휘하기까지 수십 년 동안 쉴 새 없이 노력하고 배우고 익혀야 했다. 그럼에도 내가 사랑하는 위대한 시인들과 비교하면 용기가 꺾인다. 나는 괴테도 아이헨도르프도 아니다. 그들의 감미로운 충만함과 고요한 장인의 솜씨는 그저 내게는 머나먼 일이다. 하지만 우리에게 위안이 되고 아름다운 것도 있다. 우리 예술가들은 자신에 대해 숱한 의문을 품고 자신의 재능과 자질을 한없이 작게 느끼더라도 각자 자기만의 의미와 사명이 있고, 스스로에게 충실하면 자기만이 성취할 수 있는 무언가를 자기 자리에서 이룰 수 있다는 것이다. 네가 나와 함께 테신에서 그림을 그릴 때였지. 우린 둘 다 동일한 모티브를 그렸는데, 다 그려 놓고 보니 각자 한 점의 풍경이 아니라 자연에 대한 자기만의 독특한 사랑을 그렸다 싶었다. 동일한 주제를 각자 독특한 방식으로 다르게 풀어냈다는 말이지. 심지어 때로는 우리가 느끼고 말할 수 있는 것이 슬픔이나 우리의 부족함에 대한 감정뿐일지라도 거기엔 각자 자기만의 가치가 담겨 있었다. 지극히 슬픈 절망의 시, 예를 들어 레나우의 시조차 그 중심에는 질망뿐 아니라 달콤한 것이 담겨 있다. 게다가 그전에는 졸렬하거나 절제되지 않은 화가로 여겨졌던 사람이 훗날 고전적 거장들의 위대한 작품보다 후대인들에게 더 큰 위안을 주고 더 큰 사랑을 받는 고결한 전사로 증명되는 경우도 무척 많다.

사랑하는 아들아, 너와 나 우리 둘은 이 세상만큼 아주 오래된 일을 함께하는 동료다. 신이 우리 각자에게 모종의 의미를 심어 주었고, 우리와 함께 무언가를 이루려고 한다는 사실을 믿어야 하고 믿어도 된다. 물론 그것이 무엇인지는 우리로선 알 수가 없고, 가끔 예감만 할 수 있을 뿐일지라도…….

온 세상이 우리 같은 사람들에게 등을 돌리고 권투 선수에게만 열광하는 시대라고 하더라도 우리 둘만큼은 서로 이해하고 사랑하고, 작은 선물을 주고받으며 충분히 기뻐할 수 있다. 내가 이 땅에 남아 있는 동안, 많은 아름다운 일을 너와 함께했으면 좋겠구나.

__너의 아버지가, 1928년 1월 7일

예, 마음 가는 대로 사십시오. 그게 최선의 방법입니다. 뭐가 좋고 나쁜지는 모릅니다. 게다가 시간이 갈수록 점점 더 의구심이 드는 게 사실입니다. 다만 원초적 충동과 의식적 삶 사이에서 조화를 이루며 사는 게 좋고, 그렇지 않은 게 나쁜 건 분명합니다. 전쟁의 승리자건 광야의 고행자건 간에.

__1919년 가을의 한 편지에서

불꽃

하찮은 쓰레기 더미에서 춤을 추든
온갖 걱정으로 가슴이 타들어 가든
너는 생명의 불꽃이 매일 새롭게
네 안에서 활활 타오르는 기적을 경험한다.

어떤 이는 황홀한 순간에 도취되어
그 불꽃을 태우고 낭비하고,
다른 이는 세심하고 침착하게
자식들과 손자들에게 자신의 재주를 전수한다.

하지만 사라지는 건
서글픈 황혼의 길을 지나고
그날의 걱정에 치여 생명의 불꽃을
느끼지 못하는 이의 나날뿐이라.

_1910년 12월 19일

우리에게는 자신의 본질을 최대한 완벽하게 표현하는 것 말고 다른 발전과 성취의 방법은 없습니다. "당신 자신이 되십시오!" 이게 이상적인 명령입니다. 어쨌든 젊은이에게는 진리와 발전으로 가는 다른 길은 없습니다.

이 길은 많은 도덕적 장애물과 다른 장애물로 인해 힘들 뿐 아니라, 세상은 항상 우리를 고집 센 존재가 아니라 순응하는 약한 존재로 보는 경향이 있기에 평균 이상의 개성을 가진 사람은 삶의 투쟁을 벌일 수밖에 없습니다. 이때 자신이 인습에 얼마나 굴복할지, 또는 인습을 얼마나 따르지 않을지는 자신의 힘과 욕구에 따라 오직 스스로 결정해야 합니다. 또한 가족과 국가, 사회의 요구와 인습을 거부하고자 할 때는 위험이 따른다는 사실을 알고 있어야 합니다. 한 사람이 얼마나 많은 위험을 감수할 수 있을지는 객관적인 기준이 없습니다. 자신의 개인적 기준을 너무 많이 벗어나거나 초과한 사람은 현실의 복수를 받을 수밖에 없습니다.

자기를 고수하든 사회에 순응하든 너무 멀리 나가면
항상 벌을 받게 되어 있습니다.

__1956년 2월 10일 편지에서

"삶에 대한 나의 방식과 태도가 옳을까?" 이렇게
물으면 안 됩니다. 그에 대한 답은 없기 때문입니다.
누군가의 방식은 다른 모든 방식만큼 옳고, 그 자체로
인생의 일부입니다. 오히려 스스로에게 이렇게 물어야
합니다. "나는 있는 그대로의 나이고 싶은가? 남들에
게는 없어 보이는 이런 욕구가 내 안에 있는가? 그렇
다면 삶을 견뎌 내고, 되도록 그 삶을 아름답게 꾸미고
싶다면 나는 무엇을 해야 할까?" 당신이 진정으로 내
면의 목소리에 귀를 기울인다면 대답은 아마 이럴 것
입니다. "너는 있는 그대로의 너이기에 다른 이들을 부
러워하지도 경멸하지도 말라. 너의 본성이 옳은지 물을
게 아니라, 너의 영혼과 영혼의 욕구를 너의 몸과 이
름, 출신처럼 있는 그대로, 피할 수 없는 것으로 받아
들여라. 온 세상이 반대하더라도 너만큼은 그것을 인정
하고 지키기 위해 혼신의 노력을 다하라!"

더 이상은 해 줄 말이 없습니다. 나는 내 삶의 수고
를 덜어 줄 어떤 지혜도 모릅니다. 인생은 쉽지 않습니

다. 결단코! 하지만 우리는 인생이 쉬운지 아닌지 물을 필요가 없습니다. 우리에겐 누구나 자유롭게 선택할 두 가지 길이 있습니다. 삶에 절망할 것인가? 아니면 건강 하고 성실해 보이는 사람들, 혹은 영혼이 없고 아무 문 제도 모르는 사람들처럼 살 것인가? 우리는 우리의 본 성을 유일하게 옳은 것으로서 받아들이고, 우리 영혼의 모든 권리를 인정하도록 노력해야 합니다.

　나는 조언을 하면서도 사실 그 가치를 믿지 않습니 다. 당신은 더도 말고 덜도 말고 당신의 본성이 허용하 는 것만큼만 내 조언을 받아들이면 됩니다. 우리는 우 리 자신을 바꿀 수 없습니다. 다만 우리가 우리 삶을 인정할수록, 우리 바깥에서 일어나는 일이 나의 내면과 일치할수록 우리는 점점 더 강해질 것입니다.

_1930년 7월 21일 편지에서

집단으로서의 인류에게 삶의 과업은 오직 개인들을 최대한 원활하게 전체에 통합하고, 적응시키고, 삶에 대한 개인의 책임을 최소한으로 줄이는 데 있습니다.

우리처럼 개성적이고 주체적으로 살아갈 능력과 소명을 받은 소수의 사람은 대중보다 더 섬세한 감각과 더 나은 사고 능력을 갖고 있고, 이러한 재능은 우리에게 더 큰 행복을 선사할 수 있습니다. 우리는 남들보다 좀 더 정확하게, 좀 더 풍부하게, 좀 더 예민하게 보고 듣고 느끼고 생각하지만, 대신 외롭고 위태롭습니다. 또한 자기 삶에 책임을 지지 않는 군중의 행복을 포기해야 합니다. 우리 각자는 자기 자신과 자신의 재능, 가능성, 고유성에 대해 명확히 알아야 하고, 자기 자신이 되는 과정과 그 길을 끝까지 걸어가는 일에 삶을 바쳐야 합니다. 그리하면 우리는 자동으로 인류에 기여하게 됩니다. 종교, 예술, 문학, 철학 같은 모든 문화적 가치는 그런 과정 속에서 생겨나기 때문이지요. 또한 자주 비방받는 '개인주의'도 그 과정에서는 공동체에 기여할 뿐 아니라 이기주의의 오명을 벗어던질 수 있습니다.

__1961년 7월의 한 편지에서

위안

의미 없이 그저 살기만 하며
보낸 세월이 얼마던가!
지킬 만한 것도
기뻐할 만한 것도 없다.

시간의 물결이 무수히 모양을 바꾸며
내게로 밀려왔다.
어느 것 하나 붙잡을 수 없었고,
어느 것 하나 마음에 들지 않았다.

그 모든 것이 내게서 빠져나갈지라도
내 마음은 시간을 훌쩍 뛰어넘어
깊고 불가사의하게 느낀다,
삶의 열정을.

열정은 의미도 목적도 없고,
가깝든 멀든 모든 것을 안다.

놀고 있는 아이가

순간을 영원으로 만든다.

_1908년

어떤 것이 크고, 어떤 것이 작을까? 어떤 것이 중요하고, 어떤 것이 중요하지 않을까? 정신과 의사들은 대다수 사람에겐 무척 심각해 보이는 고통과 충격은 태연히 견디면서도 자잘한 방해와 자극, 자존심 훼손에 대해선 예민하고 격한 반응을 보이는 사람을 정신 질환자로 여긴다. 반면에 오랫동안 남에게 모욕을 당해도 눈치채지 못하고, 혹은 한심한 음악이나 형편없는 건축물, 더러운 공기는 불평 한마디 없이 잘 참으면서도 카드 게임에서 조금만 돈을 잃어도 테이블을 내려치고 욕설을 퍼붓는 사람은 건강한 정상인으로 여긴다. 나는 술집에서, 평소에는 지극히 정상적이고 심지어 존경까지 받는 평판 좋은 사람들이 카드 게임에 졌다는 이유로 옆 사람을 탓하고 미친 듯이 날뛰면서 온갖 험한 욕을 퍼붓는 모습을 무척 자주 보았다. 인근의 의사에게 연락해서 당장 이 미친 인간을 정신병원에 넣어야 하지 않을까 하는 생각이 들 정도로 말이다. 사람들이 공히 인정하는 기준들은 상당히 많다. 그러나 나는 학문에 관한 것이든 현재의 공중도덕에 관한 것이든 간에 어떤 기준도 신성하게 여기지 않는다.

(……)

평소에는 보이지 않던 자잘한 것이나 혐오스러운 것, 먼지 같은 것도 현미경으로 보면 별이 총총한 경이로운 하늘이 될 수 있듯이, 진정한 심리학(물론 아직 존재하지 않는다)의 현미경으로 보면 아무리 사소한 영혼의 동요도, 그것이 평소에는 아무리 나쁘고 어리석고 미쳐 보이더라도 신성하고 경건한 장관이 될 수 있다. 거기서 볼 수 있는 것은 우리가 알고 있는 가장 신성한 것, 즉 생명의 한 가지 예이자 신비스러운 모사이기 때문이다.

지난 몇 년간 이어져 온 나의 모든 문학적 시도가 그 머나먼 목표를 탐색하는 실험이자, 혜안을 갖춘 그 진정한 심리학에 대한 가늘고 희미한 예감이었다고 말한다면 외람되게 들릴지도 모르지만, 사실이 그랬다. 그 혜안 안에서는 이 세상의 어떤 것도 더는 작거나 어리

석거나 추하거나 나쁜 것이 없고, 그저 모든 것이 거룩
하고 존귀해 보인다.

__『요양객』(1923) 중에서

정신분석도 마찬가지입니다. 물론 이건 이론적인 방법으로는 탁월합니다. 프로이트가 단순화시킨 심리 기제를 비롯해 융의 신화학 및 유형론도 인간의 영혼적인 것을 이해하는 데 원칙적으로 퍽 유익합니다. 하지만 실제 영역에서는 완전히 다릅니다. 내가 아는 수십 명의 정신분석가들 가운데 내게서, 혹은 릴케 같은 작가라고 합시다. 그런 사람에게서 긍정적인 것과 가치 있는 것을 알아본 사람은 하나도 없었습니다. 대중적인 인정의 형태로 드러난 것이 없다면 우리 같은 사람은 무가치한 인간들이라는 말이지요. 이렇게 가정해 봅시다. 한 훌륭한 현대 정신분석가가 나를 감정하려고 합니다. 그는 나의 삶에 관한 모든 자료를 갖고 있고, 나의 모든 작품을 알지만, 내 작품들이 운 좋게 많은 사람들에게 읽혔고 그와 함께 내게 많은 돈과 명성을 안겨 주었다는 사실을 몰랐다고 칩시다. 그렇다면 그는 나를 뭐, 약간 재능은 있지만 희망이 안 보이는 신경증 환자로 판정할 겁니다. 왜냐하면 창의성이나 창조적인 능력은 오늘날의 평범한 사람들(의사들에게는 이들이 정상의 척도입니다)로선 도저히 알아볼 수도 가늠할 수도 없는 가치이기 때문이다. 그들의 눈엔 노발리스, 횔덜린, 레나우, 베토벤, 니체 모두 심각한 병적 현상일 뿐입니다. 시민적 현대성에 뿌리를 둔 정신분석의 피상적인 관점(프로이트도 예외가 아닙니다)은 창조성을 인식하고 평가하기엔 한없이 모자랍니다. 이것이 바로 작가들에 관한 방대한 정신분석학적 문헌들이 조금도 진정으로 유의미한 열매를 맺지 못하는 이유이기도 합니다. 그들은 실러가 아버지를 죽이려는 억압된 욕망 때문에 괴로워했고, 괴테에게 특정 콤플렉스가 있다는 사실을 발견하기는 했지만, 그게 전부였습니다. 만일 그들이 그 작가들의 이름과 명성을 모른 채 작품을 읽었다면 그 콤플렉스에서 하나의 세상이 만들어졌다는 사실을 전혀 눈치채지 못했을 겁니다. 또한 모든 문화적 성취는 콤플렉스에서 나오고, 문화란 본능과 정신의 대립 및 마찰에서 비롯된 결과물에 지나지 않으며, 콤플렉스가 '치유될' 때가 아니라 콤플렉스의 높은 긴장이 창조적으로 발휘될 때 비로소 문학적 성취가 이루어진다는 사실도 정신분석은 모릅니다. 현대의 일반적인 과학처럼 말입니다. 정신분석을 포함해 의학의 목적은 천재성과 정신의 비극을 인식하는 것이 아니라 환자의 천식이나 신경성 위장 장애를 없애는 데 있을 뿐입니다. 그러나 우리의 정신은 이런 과학들과 전혀 다른 길을 걷는 게 분명합니다.

___1928년 7월 3일 편지에서

나는 심리학자 및 만인의 관습에 따라, 조용히 나 자신의 사고방식과 기질, 기쁨과 고통을 사람들뿐 아니라 주변 사물과 시설, 아니 온 세상에 투영해 본다. 그러면서 내 생각과 감정이 '옳고' 정당하다는 느낌을 만끽한다. 비록 세상은 매 순간 그와 반대되는 것을 내게 설득시키려 하지만 말이다. 정말이지 절대다수가 나와 생각이 다른 것은 아무렇지도 않다. 잘못된 건 내가 아니라 그들이니까. 위대한 독일 작가들에 대한 나의 판단도 마찬가지다. 나는 그들을 우러러보고 사랑하고 필요로 한다. 반면에 살아 있는 대다수 독일인은 나와 정반대 입장을 보이고, 별보다 로켓을 선호한다. 그들에게 로켓은 멋지고 황홀하다. 한마디로, 로켓 만세다! 그렇다면 별은 어떨까? 고요한 별빛으로 충만하고, 아득히 울려 퍼지는 우주 음악으로 가득한 눈과 생각이라니! 아, 벗들이여, 이 얼마나 다른가!

_『요양객』(1923) 중에서

불꽃놀이

친구든 적이든 오랫동안 나에 관해 책망하는 지점이 있다. 오늘날 인류가 자랑스럽게 생각하는 많은 것들에 대해 나는 전혀 기쁘게 생각하지 않고, 심지어 그런 것들을 믿지 않는다는 것이다. 나는 기술을 믿지 않고, 진보의 이념을 믿지 않고, 우리 시대의 영광과 위대함을 비롯해 오늘날의 '주도적 이념들' 중 어떤 것도 믿지 않는다. 반면에 우리가 '자연'이라고 부르는 것에 대해서는 무한한 존경심을 보낸다.

그럼에도 내가 사랑하고 경탄해 마지않는 인간의 발명품이 더러 있다. 자연의 힘을 교묘하게 활용한 것들인데, 나는 이것들을 자연 현상만큼이나, 아니 오히려 그 이상으로 사랑하기도 한다. 자동차 경주는 나를 내 방에서 1미터도 끌어내지 못하지만, 진정한 음악과 진정한 건축, 진정한 시는 나를 무척 쉽게 불러내고, 나는 그것들을 만들어 낸 인간 정신에 진실로 감탄한다. 그런데 가만히 생각해 보면 그것들도 사실 내가 혐오하고 미심쩍어하는 '유용한' 발명들에 지나지 않는다.

소위 유용하다고 하는 성취들에는 항상 심히 불쾌한 침전물이 깔려 있다. 그것들은 모두 천박하고 조잡하고 숨 가쁘다. 그것들을 만들어 낸 동기도 쉽게 발견된다. 허영과 탐욕이다. 이런 유용한 문화적 현상들은 어디서나 전쟁과 죽음, 숨겨진 불행 같은 미친 짓거리의 긴 흔적을 남긴다. 문명 뒤에는 석탄 찌꺼기와 쓰레기 더미로 가득한 지구가 있다. 유용한 발명품들은 화려한 세계 박람회와 우아한 모터쇼만 만들어 내는 것이 아니라 창백한 얼굴로 비참하게 생활하는 광부를 양산해 내고, 그건 다시 질병과 황폐화로 이어진다. 인류는 증기기관과 터빈을 가진 대가로 지구와 인간을 한없이 파괴했고, 다시 그 대가로 노동자와 기업가의 얼굴의 찡그린 표정과 영혼의 위축, 파업, 전쟁, 그 밖의 사악하고 가증스러운 일을 지불했다. 반면에 누군가 바이올린을 발명하고, 누군가 피가로의 아리아를 쓴 일에 대해서는 지불해야 할 대가가 없다. 모차르트와 뫼리케는 세상에 어떤 비용도 청구하지 않는다. 그들의 성취는 햇빛만큼 저렴하다. 그러나 기술 관련 회사의 직원들은 비싼 대가를 요구한다.

앞서 말했듯이, 나는 특정 발명품에 대해선 크나큰 존경심을 갖고 있다. 특히 세상이 쓸모없고 게으르고 장난스럽고 낭비적이라고 낙인찍은 발명품에 대해서는 어릴 때부터 열렬히 사랑했다. 거기엔 음악과 문학뿐 아니라 다른 많은 예술이 포함된다. 어떤 예술이 쓸모 없을수록, 세상에 실용적인 목적이 없을수록, 그리고 사치와 게으름, 유치함의 성격이 강할수록 나의 사랑은 더 커진다.

그런데 사실 인류가 항상 자신들이 즐겨 하는 일, 그러니까 실용적이고 유용한 일에만 매달리지 않고, 그렇게 탐욕스럽고 계산적이지도 않다는 사실은 내게 멋지고 묘한 경험이었다. 그와 관련한 유쾌한 증거를 최근에 재발견했다. 호숫가의 우리 작은 도시에서 화려한 불꽃놀이가 벌어졌다. 휴식 시간을 포함하면 한 시간 가까이 진행된 큰 행사였다. 내 짐작으로는 수천 프랑의 비용은 너끈히 들었을 것 같았다. 아무튼 그때 나는 속으로 빙그레 웃음을 지었다. 시청 관료와 관광청, 시민 위원회가 힘을 합쳐, 나와 비슷한 일부 사람들에게는 황홀한 일이지만 유용성만을 따지는 사람이나 경제학자의 눈에는 쓸데없는 미친 짓거리로밖에 보이지 않는 일을 하고 있었던 것이다. 그들은 당시 우리 도시에 묵고 있던 요양객들을 즐겁게 해주기로 작정하고, 세상에서 가장 아름답고 유쾌하지만 가장 쓸데없고 부질없고 일시적인 이 일을 위해 수천 프랑을 허공에 날리기로 결심했다. 계획은 탁월한 성공을 거두었다. 그건 부인할 수 없었다. 불꽃놀이는 무척 훌륭했다. 시작은 엄청나게 큰 대포 소리였다. 전쟁과 살인의 패러디이자, 재치 있는 사람이라면 사용법을 아는 진지한 힘들의 음악적인 장난이었다. 그렇게 놀이는 계속되었다. 포탄 대신 폭죽이 날았고, 총소리 대신 폭죽 터지는 소리가 났으며, 유탄 대신 불꽃이 사방으로 흩어졌고, 부상의 신음 대신 환호성이 울려 퍼졌다. 간단히 말해, 많은 돈을 들인 그 전쟁은 엄청난 화약을 쏟아부었음에도 모두에게 기쁨이 될 정도로 천진하고 사랑스럽고 화려하고 행복하게 미쳐 날뛰었다.

　게다가 이 전쟁은 다른 전쟁들처럼 그렇게 어리석거나 무분별하지 않았고, 사전에 철저하게 기획되고 매우 영리하게 계산된 출정이었다. 물론 장군들의 현실 전쟁인 포격전에도 대개 매우 영리하고 정확한 계획과 예측이 깔려 있지만, 실전에 돌입하면 불행히도 상황은 항상 완전히 다르게 흘러간다. 즉, 정밀한 계산에 따라 기술적 실행이 순탄하게 이루어지는 것이 아니라 누구도 예측하지 못하고 누구도 기뻐할 수 없는 정말 야만적인 행위들이 이어진다는 말이다. 그러나 여기 이 멋진 소전쟁에서는 모든 것이 미리 계획한 대로 움직였다. 서막과 전주곡을 시작으로 상승과 지연에 이어 화려한 최종 국면에 이르기까지 모든 것이 의도한 대로 정확히 진행되었다. 이것은 참모부의 계획에도 불구하고 대개 맹목적이고 사나운 방향으로 치닫는 현실 전쟁과는 달리, 순수한 정신의 유희이자 지극히 이상적인 사건이었다.

그렇다면 아무런 나쁜 결과 없이 최대한 짧은 시간 안에 최대한 많은 사람을 즐겁게 해주려고 수천 프랑의 돈을 어떤 식으로 낭비했을까? 이 문제는 기발한 방식으로 완벽하게 해결되었다. 거대한 폭죽 로켓 하나하나에 수천 개의 불꽃 꽃송이를 매달아 단시간에 연이어 공중으로 날려 보내 아름답게 폭발시킨 것이다. 이 과정의 매 순간은 불꽃놀이 진행자의 의도에 따라 움직였고, 전체 프로그램은 마치 교향곡처럼 총보의 마법 같은 규정에 따라 정확히 진행되었으며, 순간순간이 우리 관객에게는 설렘과 즐거움이었다. 결과는 숭고하고 진정한 예술이 성취한 것과 동일했다. 정신의 불꽃이 번뜩이는 거룩한 삶의 공간에 대한 상기, 빠르게 왔다가 덧없이 사라지는 모든 아름다운 것들에 대한 우수에 찬 미소, 사치스러운 장관에 대한 과감한 동의가 그것이었다. 어쩌면 관객들 중에는 가련한 인간도 더러 있었을지 모른다. 아름답지만 부질없는 이 장관에 들어간 비용의 10분의 1이나 20분의 1이라도 자신에게 준다면 얼마나 좋을까 하고 바라는 인간들 말이다. 물론 이런 사람들은 몇 안 되는 예외다. 대다수 사람들은 그날 저녁의 축제 분위기에 푹 빠졌고, 그런 쓸데없는 생각은 하지 않았으며, 그저 눈을 동그랗게 뜨고 고개를 젖힌 채 웃고, 침묵하고, 마법에 걸린 사람처럼 황홀해하고, 감탄했다. 이 불꽃놀이의 아름다움에, 그 치밀한 계획성에, 그 노골적인 무익성에, 화약과 빛, 정신과 계산의 막대한 낭비에, 현실적으로는 전혀 쓸모가 없는 막대한 지출에, 그리고 이 순간의 재미를 위해 투입된 재치 넘치고 값비싼 장비에 말이다. 심지어 나는 이렇게까지 말하고 싶다. 마법에 걸린 대다수 관객의 감정이 주일에 교회를 찾아 설교를 듣는 사람의 감정만큼이나 경건하다고 말이다.

내가 정말 내 친구와 적들이 나에 관해 자주 수군거리던 대로 현실 불평꾼이었다면, 이 불꽃놀이의 화려한 외관 뒤에서 뿜어져 나오는 음습한 냄새를 맡는 것도 분명 그리 어려운 일은 아니었을 것이다. 예를 들면 이런 식이다. 시청 고위 관료와 관광업자들은 돈이 남아돌고, 그 돈으로 우리를 즐겁게 해주려고 이 행사를 개최한 것이 아니라 반대로 우회적으로 돈을 벌려고 이 일을 벌였다. 게다가 공중으로 날아간 대부분의 돈은 다가오는 전쟁을 용의주도하게 준비하는 곳으로 흘러 들어 갈 것이다. 폭약 제조업체 같은 곳들 말이다. 간단히 말해, 별로 머리를 쓰지 않아도 이 정도 규모의 불꽃놀이는 얼마든지 평가 절하할 수 있다. 그러나 나는 그럴 마음이 없다. 아직도 나는 그 거대한 황금빛 꽃의 꽃받침에서 쉿쉿 소리를 내며 비처럼 쏟아지던 작은 초록 별과 빨간 별의 매력을 잊지 못하고, 하늘의 절반을 아름답게 수놓은 뒤 빠르게 사라지던 그 거대한 불꽃 자체에 반해 있다. 황홀하고 멋진 밤이었다. 밤하늘에 부드럽게 떨어지는 눈송이처럼 빨간 불꽃비가 내리다가 이내 사라지고, 곧이어 다른 재료로 만든 진짜 별들이 그 뒤로 말할 수 없이 생경하게 드러날 때의 장관이라니! 냉혹한 로켓의 독창적인 방식도 마음에 들었다. 폭죽 로켓은 엄청난 힘으로 하늘로 치솟아 반시간 동안 온 하늘을 자기 파편으로 가득 채웠고, 궤도의 정점에 이르자 갑자기 콰 하고 분노의 일성을 내지르며 사라졌다. 마치 큰 파티에 참석하기로 마음먹고 연미복에 훈장을 주렁주렁 단 채 파티 홀로 들어갔다가, 홀의 분위기를 보자마자 혐오감에 사로잡혀 "하나같이 마음에 안 들어……." 하고 중얼거리고는 등을 돌려 떠나는 사람처럼.

—1930년

깨어남

고요의 시간이 느릿느릿 지나가고,
폭풍은 깊이 침묵하고,
고통은 완전히 가라앉고,
영혼은 잠들었다.

그러다 오늘 나는
깊은 어둠 속에서 깨어난다.
사위가 온통 깜깜한 밤이다.
마비된 것 같은 긴 휴식에서
소스라치게 놀라 깨어난
내 심장은 불안한 조바심으로 빠르게 뛴다.
과거의 열정들이
오래전에 나은 상처에서 환하게
새로 분출되어 활활 타오른다.
영혼이여, 지금 깨어났는가?
수면과 휴식은 끝났는가?

보라, 영혼은 고통과 어울린다.

새로운 폭풍에 유쾌하게 맞서기로 결심하고

파르르 떨며 영혼의 복된 동지인

하늘의 모든 별들에

미소 짓는다.

__1903~1910년 사이

파랑나비

작은 파랑나비 한 마리,
날갯짓하며 바람에 실려 가고,
진주층 같은 소나기,
반짝반짝 깜박깜박 사라진다.

그렇게 순간의 반짝임으로
그렇게 스쳐 지나가면서
행복이 내게 손짓하고 반짝이고
깜빡거리고 사라져 가는 것을 나는 보았다.

_1927년 12월

아름다운 것을 모두 가방에 한가득 보관해 두었다가 나중에 필요할 때 꺼내 쓸 수만 있다면! 물론 인공향이 나는 조화만 그럴 수 있다. 매일 세상의 충만함이 우리를 스쳐 지나가고, 매일 꽃이 피고, 매일 해가 비치고, 매일 기쁨이 웃음 짓는다. 어떤 때는 우린 감사한 마음으로 그런 것을 한껏 누리지만, 어떤 때는 피곤하고 지쳐 그에 대해 알고 싶어 하지도 않는다. 그러나 우리는 늘 흘러넘치는 아름다움에 둘러싸여 있다. 이런 기쁨의 멋진 점은 아무 노력 없이도 우리에게 그저 주어지고, 돈으로는 살 수 없다는 것이다. 기쁨은 누구에게나 신의 선물처럼 자유롭게 주어진다. 바람에 실려 날아가는 피나무꽃의 향기처럼.

_「피나무꽃」(1907) 중에서

아름다움의 지속 시간

아름다움과 예술만큼 즐겁고, 우리를 명랑하게 하는 것은 없다. 미와 예술에 푹 빠져 우리 자신과 세상의 혹독한 고통을 잊을 때면 말이다. 굳이 바흐의 푸가나 조르조네의 그림까지 들먹일 필요는 없다. 구름 낀 하늘에 비친 작고 파란 섬 하나와 갈매기의 유연한 부채형 꼬리, 도로 아스팔트 위의 기름얼룩에 핀 무지개면 충분하고, 그보다 훨씬 더 사소한 것도 상관없다.

우리가 이런 행복감에서 자아와 인생의 비참함으로 돌아가면 명랑함은 슬픔으로 바뀌고, 세계는 찬란한 하늘 대신 검은 심연을 보여 주고, 미와 예술은 우리를 슬프게 만든다. 그럼에도 푸가든, 그림이든, 갈매기 꼬리든, 기름얼룩이든, 아니면 그보다 더 사소한 것이든 모두 여전히 아름답고 신성하다.

자아와 세상을 잊은 행복이 단 몇 순간이라도 지속된다면, 슬픔 가득한 매혹은 아름다움의 기적을 통해 몇 시간, 며칠, 또는 평생 지속될 수 있다.

_한 노트에서, 1950년경

195

지상의 모든 것은 예술가의 눈으로 보면 아름답거나 아름다울 수 있다. 이 아름다움을 발견하고 붙잡는 것은 숭고한 행복이다. 오래된 낙엽송 줄기, 그 가지들의 유연한 굴곡, 가지 끝의 흔들림이 잔잔한 바람에 실려 파랗고 하얀 하늘에 그려 넣는 아라베스크 무늬, 계곡 길의 완만하게 굽은 선, 발을 딛고 서 있어도 될 만큼 두툼한 나무뿌리의 강인한 힘이 실린 결절들, 그늘이나 양지바른 곳의 푹신한 이끼, 풀줄기에 매달린 달팽이, 갈색 잎맥이 길게 난 민들레의 초록 잎, 죽은 난쟁이나무의 메마르고 얇은 가지에 맺힌 반짝거리는 물방울, 파열된 돌에 길게 이어진 불투명한 석영 줄무늬, 심지어 내가 걸음을 멈추면 신발로 달려드는 개미, 초콜릿을 감쌌던 찢어진 은박지, 이 시각쯤이면 푸른빛과 금빛을 반사하고 별들과 노니는 물 고인 웅덩이, 이 모든 것이 그지없이 아름답다.

__「여름 편지」(1959) 중에서

우리의 심장은 본질적인 것과 영원해 보이는 것을 환영하며 충만한 사랑으로 대하고, 파도의 박자로 고동치고, 바람으로 호흡하고, 구름과 새와 함께 날고, 빛과 색깔과 소리의 아름다움에 사랑과 감사함을 느끼고, 자신이 그것들에 속하고 그것들과 한 뿌리임을 안다. 그러나 그런 영원한 대지와 하늘로부터 듣는 대답이라고는 큰 존재가 작은 존재를, 나이 든 사람이 어린아이를, 영속적인 것이 덧없는 것을 약간 깔보듯이 내려다보는 태연한 시선뿐이다. 그러다 우리는 반항에서건 겸허함에서건 오만함에서건 절망에서건 자연의 침묵에 우리의 언어를, 영원한 것에 우리의 유한함과 죽음을 대비시키고, 작음과 덧없음의 감정을 인간의 오만하지만 절망적인 감정으로 만든다. 지극히 반역적이면서도 지극한 사랑의 능력을 갖고 있고, 가장 젊으면서도 가장 깨어 있고, 지극히 타락했음에도 고통을 받아들이고 이겨 낼 줄 아는 지상의 아들들이 우리다. 보라, 우리의 무기력함은 끝났다. 우리는 더 이상 작지도 반항적이지도 않고, 더 이상 자연과 하나 되기를 갈망하지도 않는다. 우리는 자연의 위대함에 우리 자신의 위대함을, 자연의 영속성에 우리의 가변성을, 자연의 침묵에 우리의 언어를, 자연의 영원함에 우리의 죽음에 대한 인식을, 자연의 무심함에 사랑과 고통을 아는 우리의 마음을 맞서 내보인다.

「어느 풍경 묘사」(1947) 중에서

사람들 사이에서는 드물게 순수하고 다툼과 희생 없이는 이루어질 수 없는 사랑 다음으로, 우리 인간에게 아름답고 위로가 되는 것은 우리 주변의 자연을 큰 것이든 작은 것이든 순수한 마음으로 바라보고, 고요하고 솔직하게 경험하는 것입니다. 이는 우리가 쉽게 빠질 수 있는 오만함으로부터 우리 자신을 지키는 좋은 방법입니다. 왜냐하면 자연은 우리가 이 번다한 세상에 얼마나 억눌리고 구속된 채 사는지를 보여 주기 때문입니다.

___1908년 7월의 한 편지에서

여행할 때 낯선 것들과 유독 빠르고 살갑게 친숙해지고, 진정한 것과 가치 있는 것을 알아보는 눈을 가진 사람들은 모름지기 인생의 의미를 알고 자신의 별을 따라갈 줄 아는 이들이다. 생명의 원천을 향한 강한 향수, 살아 있고 창조적이고 성장하는 모든 것과 친구가 되고 하나가 되고자 하는 열망이 세계의 비밀로 들어가는 그들의 열쇠. 이들은 낯선 나라를 여행할 때뿐 아니라 일상적인 삶과 일상적인 경험의 리듬 속에서도 격정적이고 즐겁게 그 비밀들을 찾아 나선다.

___『여행에 대해』(1904) 중에서

당신은 영원한 윤회의 법을 가르친 위대한 현인이 한 사람 있다고 썼습니다. 나는 당신이 말하는 사람이 누군지는 정확히 모르지만 짐작은 갑니다. 부처죠. 그런데 윤회의 가르침과 비유는 부처가 처음 발명한 것이 아니라 그 훨씬 이전에도 있었습니다. 게다가 부처가 수많은 설법에서 강조한 것은 다들 알고 있는 윤회의 법이 아니라 윤회의 영원한 고리에서 벗어나는 방법, 즉 열반이라는 새로운 길입니다.

솔직히 말해, 나는 요즘 젊은이들이 모든 걸 너무 쉽게 한다는 인상을 받습니다. 당신은 부처에 대해 말하고, 원래 부처의 것도 아닌 사상 때문에 부처를 사랑합니다. 그러면서 그가 진정으로 무엇을 위해 살았고, 무엇을 갈구했는지는 보지 않습니다. 당신들은 모든 걸 너무 빨리 끝내고, 종교와 세계관도 대량으로 빠르게 소비합니다. 그러다 보니 부처나 니체의 책을 후딱 한 번 읽은 것이 전부인데도 그들의 손을 들어 줍니다. 정말이지, 나는 그런 방식에는 조금도 동의할 수 없습니다. 당신은 정신적인 영역보다 조정이나 수영 훈련에 백배는 더 열심이고, 백배는 더 큰 관심과 애정을 갖고 있습니다. 그렇다면 스포츠가 당신에게 맞습니다. 정신 세계가 아니라요.

당신은 추구와 갈망으로 가득합니다. 어떻게든 승화되기를 기대하는 어두운 충동도 많고요. 당신에게 없는 것은 경외심입니다. 물론 그건 당신 책임이 아닙니다. 다만 경외심이 없으면 모든 정신은 사악해집니다. 착하지만 어리석은 한 미국 소년이 조정 규정 같은 것만 열렬히 숭배하는 믿음은 노골적이고 불경한 자만심, 혹은 자신의 정신적인 것을 빼앗아 즉시 쓰레기통에 던져 버리는 나쁜 허무주의보다 더 끔찍합니다. 그건 정말 무익한 일입니다.

우리 시대의 극심한 혼란은 당신네 젊은이들뿐 아니라 우리 노인들도 겪는 일입니다. 우리 노인들도 인생이 추잡하고 수상쩍은 것임을 쉽게 깨닫습니다. 우리 (원래는 나 자신에 한정된 이야기이지만, 내 세대 중에

나와 같은 생각을 하는 사람도 있다는 가정하에서 우리라는 표현을 사용했습니다)는 이런 절망을 분명하게 의식하고자 애쓰고, (……) 무의미하게 잔인해 보이는 이 삶에 의미를 부여하고, 그 삶을 초시간적이고 초인간적인 것과 연관시키고자 애씁니다. (……) 그런 점에서 나의 전 인생은 결합과 헌신, 종교에 대한 시도라고 할 수 있습니다. 그렇다고 나 자신이나 타인을 위해 새로운 종교나 가르침, 새로운 결속 가능성을 찾을 수 있다고 자만하지는 않습니다. 그럼에도 나는 내 자리를 지킬 것입니다. 내 시대와 나 자신에 대해 절망할 수밖에 없음에도 인생과 인생의 의미에 대한 경외심을 버리지 않을 것이고, 이 길에 나 홀로 서 있고, 그래서 남들의 비웃음을 산다고 할지라도 나는 이 길을 고수할 것입니다. 이유는 분명합니다. 그런 노력으로 세상 또는 나 자신이 좀 더 나아지리라고 기대해서가 아니라, 어떤 형태로든 경건함 없이는, 신에 대한 헌신 없이는 살고 싶지가 않기 때문입니다.

질문을 하나 드려 보겠습니다. 예를 들어, 당신은 우리의 삶에 항상 반동과 혁명, 낮과 밤이 번갈아 나타나고, 항상 두 가지 원칙이 존재하고, 항상 둘 다 옳거나 둘 다 옳지 않다는 이유를 들면서 삶을 거대한 역설이라고 부르는데, 그것으로 말하려는 게 무엇인가요? 내가 보기엔 한 가지입니다. 삶은 당신의 오성으로는 도저히 설명되지 않고, 분명 오성과 다른 원칙으로 움직인다고 말하고 싶은 것이지요. 여기서 두 가지 결론을 끄집어낼 수 있습니다. 하나는 인생에 침을 뱉는 것입니다. 다른 하나는 도저히 이해 안 되는 삶에 오성의 회의론이 아닌 경외심으로 다가가고, 수많은 양극단을 어리석은 역설 대신 경이로운 진자 놀이로 보는 것이지요.

(……)

나는 당신의 어떤 질문에도 답할 수 없습니다. 나 자신의 질문에 답할 수 없는 것처럼요. 나도 당신과 마찬가지로 삶의 잔인함에 어쩔 줄 몰라 하고, 울적해합니다. 그럼에도 내 삶에 계속 의미를 부여함으로써 삶의 무의미함을 극복할 수 있다고 믿습니다. 삶의 의미나 무의미함은 내 책임이 아닙니다. 내가 책임져야 할 일은 나 자신의 일회적인 삶을 어떻게 살았느냐 하는 것입니다. 내가 보기에 당신네 젊은이들은 그런 책임을 지고 싶은 마음이 별로 없는 것 같습니다. 우리가 갈리는 지점이지요.

_1930년 7월 15일 편지 중에서

작가들은 소설을 쓸 때 마치 자신이 신인 양 어떤 인간의 이야기이든 저 위에서 훤히 내려다보듯 쓰고, 또 신이 직접 이야기라도 하는 양 한 치의 모호함도 없이 어디서건 본질적인 것들을 정확히 묘사하곤 한다. 나는 그럴 수 없다. 그건 다른 작가들도 마찬가지여야 한다. 자신의 작품이 중요하지 않은 작가가 어디 있겠느냐마는, 나한테 내 이야기는 그런 통상적인 의미를 뛰어넘어 중요하다. 나 자신이 겪은 이야기이기 때문이다. 이것은 지어낸 인물도, 있을 법한 인물도 아니고, 어디서도 존재하지 않는 그런 이상적인 인물도 아닌, 단 한 번뿐인 생명으로 살아가는 실제적인 한 인간의 이야기이다.

그런데 한 번뿐인 생명으로 살아가는 인간의 의미에 대해 요즘 사람들은 잘 모른다. 오늘날엔 하나하나가 자연의 소중하고 유일무이한 시도인 인간을 무더기로 쏘아 죽인다. 만일 우리가 더는 단 하나뿐인 소중한 목숨이 아니라면, 만일 우리 하나하나가 총알 하나로 세상에서 완전히 없어질 그런 존재라면 이런 이야기를 쓰는 건 무의미할지 모른다. 그러나 인간은 모두 오롯이 그 자신일 뿐 아니라, 어떤 경우에도 특별하고 중요하고 진기한 단 하나의 점이기도 하다. 세상의 현상들이 똑같은 방식으로 반복되지 않고 오직 단 한 번만 그렇게 교차되는 점 말이다. 그래서 한 사람 한 사람의 이야기는 모두 중요하고 영원하고 신성하며, 그래서 인간은 누군가로 살면서 자연의 뜻을 실현하는 한 모두 관심을 받을 만한 경이로운 존재다. 누구의 내면에서건 정신은 만들어지고, 누구의 내면에서건 피조물은 괴로워하고, 누구의 내면에서건 구세주가 십자가에 매달린다.

(……)

인간의 삶은 모두 자기 자신에게로 향하는 길이자, 어떤 길의 시도이자, 어떤 오솔길의 암시이다. 일찍이 완전히 자기 자신이 된 사람은 없다. 그럼에도 각자는 그런 자신이 되고자 애쓴다. 어떤 이는 모호하게, 어떤 이는 좀 더 명확하게 그 길을 걷지만, 최선을 다하기는 마찬가지다. 누구나 출생의 찌꺼기, 다시 말해 태어나기 전에 자신을 품었던 원초적 세계의 *끈끈한* 막과 알껍데기를 최후까지 갖고 간다. 일부는 인간이 되지 못하고 개구리나 도마뱀, 개미로 남는다. 또한 상체는 사람이고 하체는 물고기인 경우도 있다. 그러나 모두가 인간이 되라고 자연이 던진 존재들이다. 모두의 뿌리, 즉 어머니는 같다. 우리는 모두 동일한 구멍에서 나온다. 그러나 그 깊은 구멍에서 나온 실험이자 자연에 의해 던져진 모든 존재는 자신의 목표만을 추구한다. 우리는 서로를 이해할 수 있지만, 자신을 해석할 수 있는 사람은 오직 자신뿐이다.

__『데미안』(1917) 중에서

언어

해는 빛으로 우리에게 말하고,

꽃은 향기와 색으로 말하고,

공기는 구름과 눈, 비로 말한다.

세계의 성소에는

채워지지 않는 갈망이 산다.

사물들의 침묵을 깨뜨리고,

말과 몸짓, 색깔, 소리로

존재의 비밀을 표현하려는 갈망이.

여기서 예술의 환한 샘이 흐르고,

말과 계시, 정신으로

세계를 포착하고, 환하게

인간의 입술로 영원의 체험을 알린다.

모든 생명은 언어를 갈구하고,

우리의 둔감한 추구를

말과 수, 색, 선, 소리로 불러내고,

점점 고결한 의미의 왕좌를 만들어 나간다.

빨강 파랑 꽃 한 송이로,

시인의 말로

창조 작업은 내면으로 향하고,

시작과 끝이 쉼 없이 반복된다.

말과 소리가 만날 때,

노래가 울리고 예술이 펼쳐질 때,

매번 세상과 온 존재의

의미가 새로 형성되고,

모든 노래와 모든 책,

모든 그림은 하나의 폭로가 되고,

삶의 통일성을 완수하려는

천 번째 새로운 시도가 된다.

문학이, 음악이 너희를

이 통일성으로 들어오라고 유혹하고,

창조의 다양성을 이해하는 데엔

거울만 한 번 보아도 충분하다.

우리를 혼란스럽게 하던 것들이

시 속에서 단순명료해진다.

꽃은 웃고, 구름은 비를 뿌리고,

세계는 의미를 갖고, 침묵하던 것들은 말을 한다.

_1928년 2월 3일

당신이 깨달음이나 각성을 얻었다고 하는 시인은 구원의 빛이나 횃불이 아니라 기껏해야 빛을 독자에게 전달하는 창입니다. 시인의 성취는 영웅주의와 고결한 의지, 이상적 프로그램과 아무 관련이 없고, 그저 유리창의 역할을 하면서 빛을 가리거나 차단하지 않는 데 그 본질이 있습니다. 만일 시인이 지극히 고귀한 사람이나 인류의 은인이 되겠다는 열망을 품는다면 그것이야말로 빛을 투과시키는 본연의 역할을 방해하고, 그로써 그의 추락이 시작될 가능성이 무척 큽니다. 시인을 인도하고 몰아가는 힘은 오만함도 겸허함도 아닌 오직 빛에 대한 사랑, 현실에 대한 개방성, 참된 것에 대한 투과성이어야 합니다.

__1947년의 한 편지에서

나의 문학 작품과 나라는 인물이 당신에게 얼마간 도움이 되었고, 한동안 당신의 발전을 촉진했다고 했습니다. 하지만 그게 내 작품을 제쳐 두지 못할 이유가 될 수는 없습니다. 자기만의 진정한 발전이 필요할 때는 내 작품들을 과감히 버려야 합니다. (……) 나도 내 인생에서 평소의 고요하고 관조적인 철학을 버리고 외부 세계와 피 터지게 싸운 일이 있습니다. 전쟁이 다가올 때였죠. 나는 10년 가까이 전쟁 반대 활동을 했습니다. 타인의 피를 빨아먹는 인간들의 야만적인 어리석음과 전쟁을 선동하는 '지적인 자'들에 대한 저항은 당시 나의 의무이자 괴로운 필연이었습니다. 나는 그게 나 자신에게 문제가 될 때까지 그 일에 파고들었고, 내 입장을 고수했으며, 그 일에 대한 나 자신의 공동 책임을 분명히 했고, 수년 동안 소수의 반대편에 서서 투쟁했습니다. 이후 나는 다시 내면의 목소리를 듣고 내 모든 중요한 신조들이 옳음을 확인하면서 횔덜린과 니체, 부처, 노자, 시와 명상으로 돌아갔습니다. 나는 내가 그것들로 무엇을 했는지 알고 있습니다.

당신의 길을 찾으십시오. 한때 당신이 좋아했던 인간
과 이상들에 매달리지 마십시오.

_1930년경의 한 편지에서

전쟁과 평화

전쟁을 원초적, 자연적 상태라 명명한 사람들의 말은 분명 맞다. 인간은 동물인 한, 투쟁과 타인의 희생으로 살아가고, 타인을 두려워하고 증오하기 마련이다. 삶은 곧 전쟁이다.

'평화'가 무엇인지 정의하기는 훨씬 더 어렵다. 평화는 원초적 상태의 낙원도, 합의에 따라 규정된 공존의 형태도 아니다. 우리는 평화가 뭔지 알지 못하고, 그저 찾고 예감할 뿐이다. 그런 면에서 평화는 이상이다. 말할 수 없이 복잡하고 불안정하고 위태로운 것이다. 평화를 파괴하는 데엔 가벼운 숨결 한 번이면 족하다. 서로 의지해야 할 두 사람만 놓고 보더라도, 이 둘이 진정한 평화 속에서 사는 건 어떤 윤리적, 지적 성취보다 드물고 힘든 일이다.

그럼에도 사유이자 소망으로서, 목표이자 이상으로서의 평화는 아주 오래되었다. 인간 사회에는 수천 년 동안 굳건히 버텨 온 강력한 명령이 있다. "살인하지 말라!" 인간들이 이런 엄청난 말을, 이런 대단한 요구를 할 수 있다는 것 자체가 이미 다른 모든 것을 뛰어넘는 특징이자, 인간을 동물로부터, 심지어 겉으로는 어쩌면 '자연'으로부터도 분리시키는 요소다.

그런 강력한 말을 들을 때 우리는 이런 느낌이 든다. 인간은 동물이 아니고, 결코 결정되고 정해지고 완성되고 일회적이고 명료한 존재가 아니라 발전해 나가는 존재이며, 시도이고, 예감이고, 미래이고, 자연의 자식이고, 새로운 형태와 가능성을 바라는 자연의 갈망이라는 것이다. "살인하지 말라!"는 말이 처음 나왔던 시대에 그것은 그야말로 엄청난 차원의 요구였다. 거의 "숨을 쉬지 말라!"는 말과 비슷했다. 그건 불가능할 것 같았고, 겉으론 모든 것을 뒤집어엎는 미친 짓거리로 보였다. 그럼에도 이 말은 수천 년 동안 꿋꿋하게 살아남아 오늘날에도 여전히 유효하고, 법과 가치관, 도덕적 가르침에 영향을 끼쳤고, 결실을 맺었고, 다른 몇몇 말처럼 인간 삶을 뒤흔들고 갈아엎었다.

"살인하지 말라!"는 교훈적인 '이타주의'의 엄격한

명령이 아니다. 자연에는 이타주의가 없다. 그리고 "살인하지 말라!"는 남을 아프게 하지 말라는 뜻이 아니다. 그 말은 너의 일부이기도 한 타인을 자신에게서 빼앗아 가지 말고, 그로써 너 자신을 해치지 말라는 뜻이다. 타인은 낯선 사람이 아니다. 결코 너와 동떨어져 있고 아무 관련이 없고 그 자체로 혼자인 사람이 아니다. 세상 만물과 수많은 '타인'은 내가 그들을 보고 느끼고 관계를 맺을 때에야 비로소 내게 존재한다. 나의 삶은 오직 나와 세상, '타인'과의 관계로 이루어져 있다.

이를 인식하고, 예감하고, 이 복잡한 진리를 더듬더듬 찾는 것이 지금까지 인류가 걸어온 길이었다. 그 와중에 진보와 퇴보가 있었다. 또한 모든 것을 밝혀 주는 빛 같은 생각이 있었고, 거기서 다시 인간은 어두운 법과 음침한 양심의 동굴을 만들었다. 게다가 연금술이나 영지英智 같은 진기한 것들이 있었다. 오늘날 일부 사람들은 이런 지식이 얼마나 어리석었는지 또렷이 알고 있다고 생각하지만, 어쩌면 인류가 걸어온 인식의 길

위에서 최고의 정점은 그 지식들일지 모른다. 연금술은 가장 순수한 신비주의와 "살인하지 말라!"는 명령의 궁극적 실행으로 가는 길이었다. 인간은 그것을 토대로 회심의 미소를 지으며, 폭발물과 독약을 생산하는 과학 기술을 만들어 냈다. 여기에 진보가 어디 있고, 퇴보가 어디 있는가? 둘 다 없다.

이 시대의 큰 전쟁1914~1918도 양면성을 보여 준다. 진보처럼 보일 때도 있고, 퇴보처럼 보일 때도 있다는 것이다. 그 무시무시한 대량 파괴와 잔인한 살인 기술은 퇴보로, 심지어 진보와 정신의 온갖 시도에 대한 조롱으로 보인다. 그러나 전쟁으로 야기된 일부 새로운 필요와 인식, 노력은 진보에 가깝게 느껴진다. 한 기자는 이 모든 정신적인 것들을 "내면의 소란"이라는 말로 격하했지만, 그건 뭔가 큰 착각이 아니었을까? 다른 것도 아니고 이 시대의 가장 생동감 넘치고, 섬세하고, 본질적이고, 내면적인 것을 조잡한 말로 비난한 게 아니었을까?

어쨌든 우리가 전쟁 중에 자주 들은 다음 의견은 완전히 틀렸다. 이 전쟁이 보여 준 그 대대적인 파괴 규모와 끔찍한 메커니즘 때문에 미래 세대는 앞으로 다시는 전쟁을 벌일 엄두를 내지 못하리라는 것이다. 겁을 줘서 못하게 하는 것은 올바른 교육 수단이 아니다. 그게 아니더라도 죽이는 것에서 재미를 느끼는 사람은 전쟁에 싫증을 내는 법이 없다. 전쟁으로 인한 물적 피해를 들먹이는 것 또한 도움이 되지 않는다. 인간의 행동은 거의 100분의 1도 합리적인 숙고에서 비롯되지 않는다. 어떤 행동의 부조리함을 분명히 알면서도 정말 열심히 그런 행동을 할 수 있는 것이 인간이다. 열정적인 인간은 누구나 그렇게 한다.

이런 이유로 나는 내 친구와 적들이 말하듯이 평화주의자가 아니다. 나는 지혜의 돌을 발견할 수 있을 거라는 세계 화학자들의 말을 믿지 않는 것만큼이나 설교와 조직화, 선전이라는 합리적 방법으로 세계 평화를 구현할 수 있으리라고 믿지 않는다.

그렇다면 이 땅에서 진정한 평화는 어떻게 찾아올까? 계명이나 물리적 경험에서 오는 것은 분명 아니다. 그건 인간의 모든 진보와 마찬가지로 깨달음에서 비롯된다. 그런데 깨달음을 학문적 지식이 아닌 정말 살아 있는 것으로 이해한다면, 모든 깨달음의 대상은 결국 하나뿐이다. 수천 명의 사람에 의해 수천 번 인정을 받고, 수천 가지 방식으로 표현되었다고 하더라도 항상 하나의 진리만 있다는 말이다. 그것은 우리 모두의 내면, 나와 당신의 내면에 있는 살아 있는 깨달음이자, 비밀스러운 마법의 깨달음이자, 우리 각자 안에 있는 신비스러운 신성의 깨달음이다. 또한 이는 가장 깊은 내면에서부터 시시각각 대립 쌍을 하나씩 제거하고, 모든 흰 것을 검은 것으로, 모든 악을 선으로, 모든 밤을 낮으로 바꾸는 가능성에 대한 깨달음이다. 인도인들은 그것을 '아트만', 중국인들은 '도道', 기독교인들은 '은총'이라고 말한다. 예수든 부처든 플라톤이든 노자든, 지고의 깨달음을 얻으려면 하나의 문턱을 넘어야 한다.

그것을 넘으면 기적이 시작되고, 전쟁과 적의가 멈춘다. 이런 이야기는 신약성서뿐 아니라 인도 철학자 가우타마의 설법에도 나온다. 물론 본인이 원한다면 이런 이야기를 비웃으며 "내면의 소란"이라고 불러도 무방하다. 다만 그것을 실제로 체험하게 되면 적은 형제가 되고, 죽음은 탄생이, 수치는 명예가, 불행은 운명이 된다. 지상의 모든 것은 이제 이중으로 나타난다. 한 번은 '이 세상의 것'으로, 한 번은 '이 세상의 것이 아닌 것'으로. 여기서 '이 세상'은 '우리 바깥'에 있는 것을 의미한다. 우리 바깥에 있는 모든 것은 적이 되고, 위험하고, 공포가 되고, 죽음이 될 수 있다. 이 모든 '외부의 것'이 단순히 지각의 대상을 넘어 우리 영혼의 창조물이기도 하다는 경험과 함께, 그러니까 외적인 것이 내적인 것으로 바뀌고, 세계가 자아로 변환되는 경험과 함께 깨달음의 날이 시작된다.

내가 말하는 것은 너무나 자명한 것들이다. 총에 맞아 죽은 모든 군인이 오류의 영원한 반복이듯이, 진리도 형태만 수천 가지로 바뀌어 가며 영원히 반복된다.

＿1918년

인생을 전체적으로 고통과 괴로움으로 느끼는 운명을 타고난 사람이 더러 있다. 그것도 문학적, 미학적 염세주의나 관념의 차원이 아닌 육체적이고 실제적인 고통으로서 말이다. 불행히도 나 역시 그중 한 사람인데, 이것도 재능이라면 이들은 즐거움보다 고통을 느끼는 재능이 더 탁월하다. 그런 사람에겐 숨 쉬고, 잠자고, 먹고, 소화하는 것, 이 모든 단순한 동물적 행위가 즐겁다기보다 오히려 고통과 수고가 된다. 그럼에도 이들은 자연의 뜻에 따라 삶을 긍정하고, 고통도 좋게 여기면서 삶을 포기하지 않으려는 충동을 내면에서 느끼기에, 조금이라도 자신에게 기쁨을 주고 조금이라도 자신을 명랑하고 행복하고 따뜻하게 해주는 것이라면 무엇이든 유별나게 집착하고, 마음에 드는 모든 것에 평범하고 건강하고 성실한 보통 사람들은 모르는 가치를 부여한다. 자연은 이런 과정에서, 거의 모든 사람이 존경심을 보이는 지극히 아름답고도 복잡한 무언가를 만들어 냈다. 바로 유머다. 삶으로 괴로워하는 사람들, 너무 여리고 너무 영리하지 못하고 병적으로 쾌락을 추구하고 위로에 집착하는 그런 사람들에게서 종종 유머라고 부르는 것이 생겨난다. 지속적인 깊은 고통 속에서만 자라는 이 보석은 어쩌면 인류가 만들어 낸 꽤 괜찮은 생산물이라고 할 수 있다. 고통받는 사람이 힘든 삶을 견디고, 심지어 그것을 넘어 삶을 예찬할 수 있기 위해 만들어 낸 것이 유머이기 때문이다. 그런데 이런 유머가 고통을 모르는 건강한 이들에게 정반대 작용, 그러니까 삶의 기쁨과 유쾌함을 마음껏 분출시키는 작용을 하는 것은 아이러니가 아닐 수 없다. 그들은 이런 유머를 들으면 배를 잡고 넘어가거나 박장대소를 한다. 그러다 가끔 무척 인기 있는 성공한 코미디언 X가 우울증으로 물에 빠져 자살했다는 놀라운 소식을 들으면 늘 어이없어하고, 약간 속았다는 느낌을 받는다.

_『뉘른베르크 여행』(1925) 중에서

조금이라도 더 똑똑한 사람에게는 유머 외에 어리석음에 대항할 다른 무기는 없습니다.

__1950년 7월의 한 편지에서

한스부르스트[*]

나는 싱가포르에서 말레이 극장을 다시 찾았다. 말레이인들의 예술과 민속을 관람하거나 그와 관련한 연구를 해 보겠다는 심산으로 찾은 것이 아니라(그런 기대는 이미 오래전에 접었다) 그저 낯선 항구도시에서 식사와 커피를 마친 후 한가하고 편안한 저녁 분위기에 취해 버라이어티 쇼를 보러 간 것뿐이었다.

능숙한 배우들(그중 한 명은 유럽인을 연기했다)이 한 극작가가 신문 기사와 법정 보고서를 토대로 극화한 바타비아의 한 현대적 결혼 이야기를 공연했다. 낡은 피아노 한 대와 바이올린 세 대, 베이스와 호른, 클라리넷이 각각 하나씩 동원된 중간 삽입곡은 정말 재미있었다. 여자 배우 중에는 매혹적일 만큼 우아하게 걷는, 굉장히 아름다운 젊은 말레이인(자바인일지도 모른다)도 있었다.

그런데 눈에 띄는 것은 한스부르스트라는 이상한 역

---

[*] 16세기 이후 독일어권의 연극에 자주 등장하는 어릿광대.

할을 하는 마르고 젊은 여배우였다. 무척 예민하고 지적인 데다 남들에 대해 한없이 우월감이 강한 이 여자는 검은 자루 같은 옷을 뒤집어썼고, 까만 머리에 삼으로 만든 흉측한 옅은 금발 가발을 썼으며, 얼굴에 잔뜩 분칠을 했고, 오른뺨에 커다란 검은 반점이 있었다. 이렇게 추한 거지 분장을 한 채 잠시도 가만있지 않는 이 여배우는 극의 본류와 피상적으로만 관련을 맺는 조연에 지나지 않았지만, 늘 무대 위에서 부산하게 움직였다. 상스러운 한스부르스트 역이었기 때문이다. 그녀는 히죽 웃고, 원숭이처럼 바나나를 먹고, 동료 배우와 연주자들을 귀찮게 하고, 농담으로 사건 흐름을 끊고, 우스꽝스럽게 남의 흉내를 냈다. 그러더니 아무 관심 없는 표정으로 10분가량 바닥에 주저앉아 팔짱을 끼고는 병적일 만큼 지적이고 우월한 눈으로 허공을 우두커니 응시하거나 앞줄 관객들을 차갑게 노려보았다. 극과 동떨어진 이런 상황에서는 더는 기괴하지 않고 오히려 비극적으로 보였다. 너무 많은 웃음으로 지쳤는지 무덤

덤하게 꾹 다물고 있는, 가늘고 붉은 입술, 추악하게 분장한 얼굴에서 처량하고 쓸쓸하고 멍하게 앞만 바라보는 차가운 눈. 셰익스피어 극에 나오는 광대와 햄릿에게 말을 걸고 싶듯이 이 배우와도 대화를 나누고 싶은 마음이 들 정도였다. 그러다 어느 순간 다른 배우의 몸짓이 그녀를 자극하면 온몸에 생기가 도는지 얼른 바닥에서 일어나, 다른 배우들이 두 손 두 발 다 들 만큼 엽기적인 과장으로 그들의 몸짓을 패러디했다.

그런데 이 천재적인 여배우는 광대일 뿐이었기에 동료들처럼 이탈리아 아리아를 부르는 건 허용되지 않았고, 옷도 치욕스러운 시커먼 옷만 걸쳤다. 심지어 영어 팸플릿에든 말레이어 팸플릿에든 그녀의 이름은 없었다.

_1911년

여름의 절정

저 멀리 푸른빛이 영기를 받듯
차차 투명해지더니 9월만이
만들어 내는 그 달콤한 마법의 색조를
하늘에 환히 그려 내는구나.

무르익은 여름은 하룻밤 사이에
축제의 색으로 바뀌려 하고,
모든 것은 완성 속에서 웃음 짓고
기꺼이 죽으려 한다.

영혼이여, 이제 시간에서 나오라.
그대 걱정에서 벗어나
날아갈 채비를 하라,
그리운 아침으로.

_1933년 7월

비밀

다른 사람들도 더러 그럴 수 있지만, 시인은 이따금 단순화와 체계, 추상화, 그리고 세상에 관한 이런저런 거짓말들로부터 등을 돌려 세계를 있는 그대로 보려는 욕구를 느낀다. 그러니까 복잡하지만 결국엔 이해하기 쉽게 한눈에 정리해 놓은 개념 체계로서의 세계가 아니라, 아름답고, 소름 끼치고, 항상 새롭고, 이해되지 않는 비밀로 가득한 원시림으로서의 세계를 보고 싶어 한다는 말이다. 예를 들어 신문에는 매일 세상 동향이라는 이름으로 갖가지 일들이 2차원으로 환원되어 한눈에 조망할 수 있게 평면적으로 실려 있다. 동서양의 긴장에서부터 일본의 전쟁 잠재력에 관한 분석, 온갖 지표, 그리고 최신 전쟁 무기의 엄청난 위력과 위험성 때문에 우리 인간이 무기를 내려놓거나 보습으로 바꾸는 쪽으로 나아가게 될 거라고 장담하는 어느 장관의 확신까지 말이다. 우리는 이 모든 것이 실제적인 현실이 아니며, 일부는 거짓말이고 일부는 무책임하고 초현실주의적인 허구의 언어로 이루어진 전문가들의 재미 있는 저글링 놀이일 뿐이라는 사실을 알고 있음에도, 이게 우리가 매일 접하는 반복적인 세계상인 것은 분명하다. 물론 하루만 지나도 오늘의 세계는 어제의 세계와 대놓고 모순을 일으키지만, 다른 한편으론 매번 우리에게 모종의 즐거움을 선사하거나 우리의 마음에 안정감을 준다. 세계가 그 순간만큼은 참으로 평탄하고, 한눈에 조망할 수 있고, 비밀이 없고, 구독자들이 원하는 설명과 일치하는 것처럼 보이기 때문이다. 여기서 신문은 수천 가지 예들 가운데 하나일 뿐이다. 신문은 세계의 탈현실과 비밀의 철폐를 발명한 당사자도 아니고, 그것의 유일한 집행자나 수혜자도 아니다. 우리 모두는 신문 구독자들이 신문을 대충 훑어본 뒤 자신이 이제 스물네 시간 동안은 세상에 대해 잘 알고 있고, 영리한 신문 편집자들이 목요일 호에 부분적으로 예측한 것 외에 다른 큰 사건은 일어나지 않으리라는 환상을 잠시 즐기듯이, 매일 매 순간 세상을 그런 식으로 상상하고 비밀의 원시림을 어여쁘게 정돈된 정원이

나 한눈에 조망할 수 있는 평평한 지도로 착각한다. 도덕주의자는 자신의 준칙으로, 종교인은 신앙으로, 기술자는 계산자로, 화가는 팔레트로, 시인은 자신의 표본과 이상으로 그렇게 한다. 이처럼 우리 각자는 이런 허위 세계와 자기만의 지도에 웬만큼 만족하면서 안심하고 살아 나간다. 갑자기 허위 세계의 댐 하나가 터지거나 벼락같은 각성이 찾아옴으로써 현실이, 그러니까 무언가 어마어마하고 지독하게 아름답고 섬뜩한 것이 닥쳐와 출구도 없는 상태에서 자신을 와락 껴안는 일만 벌어지지 않는다면 말이다.

그런데 이런 각성과 깨달음의 상태, 다시 말해 이런 벌거벗은 현실 속에서의 삶은 결코 오래 지속되지 못한다. 게다가 그 속엔 죽음이 숨어 있다. 누군가 그 상태에 사로잡히고 끔찍한 소용돌이 속으로 떨어지면, 그것은 항상 스스로 버틸 수 있는 정도까지만 지속된다. 그런 다음에는 죽음, 아니면 비현실적이고 참을 만하고 정돈되고 조망할 수 있는 세계로의 숨 가쁜 도주로 끝난다. 우리는 개념과 체계, 교의, 알레고리로 이루어진 이런 참을 만하고 온화하고 정연한 지대에서 인생의 10분의 9를 살아간다. 가끔 욕을 퍼부을 때도 있지만, 대체로 소시민은 그런 식으로 만족하고 차분하고 정돈된 상태로 살아간다. 자신의 작은 집에서, 자신의 층에서, 또는 머리 위에는 지붕이 있고, 발밑에는 단단한 바닥이 있고, 그 훨씬 밑에는 과거와 태생, 그리고 자신과 거의 비슷하게 살았던 조상들에 대한 지식이 있고, 머리 훨씬 위에는 질서와 국가, 법, 권리, 군대가 있는 그런 세계에서 말이다. 그러다 갑자기 어느 한순간 그 모든 것이 사라지고, 지붕과 바닥이 우지끈 무너져 내리고, 질서와 법이 몰락과 혼돈에 빠지고, 평화와 평온이 질식할 듯한 죽음의 위협으로 바뀌고, 그러다 그토록 오랫동안 간직해 온 고귀하고 믿을 만하던 모든 허위 세계가 화염과 파편으로 폭발하고, 괴물과도 같은 현실 외에 더는 아무것도 남아 있지 않게 된다. 그건 신이라 부를 수도 있고, 괴물이나 이해 불가능한 것, 혹은 섬뜩하지만 그 생생한 현실감 때문에 너무나 설득력이 있는 것이라 부를 수도 있지만, 어떤 이름을 갖다 붙여도 우리가 이해할 수 있고 설명할 수 있고 참을 수 있는 것이 되지는 않는다. 언제나 순간적일 뿐인 이런 생생한 현실에 대한 깨달음은 전쟁의 폭탄 세례를 통해 찾아올 수 있다. 그러니까 여러 장관이 말했듯이 언젠가 그런 전쟁에 대한 두려움 때문에 자연스럽게 무기를 보습으로 바꾸는 날이 오리라는 것이다. 개인에게 그런 깨달음의 순간은 개인적인 질병이나 주변 사람들에게 닥친 사고만으로 충분하다. 혹은 가끔은 느닷없이 기분이 가라앉는 순간이나 악몽에서 깨어나 잠을 이루지 못하는 밤조차, 가차 없는 허위 세계와 대면하고 모든 질서와 평온, 확신, 신앙, 지식에 한동안 의문을 제기하기에 충분하다.

이 이야기는 이쯤 하자. 다만 우리 각자는 그런 순간을 알고 있고, 그게 어떤 상태인지 안다. 비록 그게 일회적이거나 불과 몇 번의 체험에 지나지 않아 세월의 흐름과 함께 그것을 행복하게 망각했다고 스스로 믿더라도 말이다. 그러나 그 체험은 결코 잊을 수 없다. 의식이 그것을 덮고, 철학과 신앙이 그 존재를 부정하고, 뇌가 그것을 제거하더라도, 그 체험은 혈액과 간, 엄지발가락에 숨어 있다가 언젠가 틀림없이 다시 완벽하게 생생한 모습으로 나타나 자신을 절대 잊을 수 없다는 사실을 증명할 것이다. 나는 이 생생한 현실, 비밀의 원시림, 불가사의하면서 섬뜩한 신성, 그리고 이 체험에 대한 그 밖의 다른 이름들에 대해 더 이상 논구하고 싶지 않다. 그건 다른 이들이 해야 할 일이다. 왜냐하면 경탄할 정도는 아니더라도 꽤 똑똑한 인간이라면 이 유일무이하고, 악마적이고, 이해할 수 없고, 견딜 수 없는 것에서 체계와 교수, 문필가로 이루어진 철학을 만들어 낼 수 있기 때문이다. 이건 내 관할이 아니다. 나는 인생 수수께끼의 전문가라고 하는 사람들의 책조차 읽을 수 없다. 나는 그 생생한 현실이 원했기에, 시간이 내게 그러라고 타일렀기에, 경향성과 질서가 없는 내 직업의 일상에서, 삶의 거짓말과 시인의 관계에 대해, 또 이런 거짓말의 벽을 관통하는 비밀의 천둥 번개에 대해 몇 가지 쓰고 싶었을 뿐이다. 덧붙이자면, 시인이라고 해서 다른 모든 사람보다 세계의 비밀에 조금도 더 가깝지 않고, 남들과 마찬가지로 발밑의 단단한 바닥과 머리 위의 지붕 없이는, 그리고 침대 주변에 체계와 관습, 추상화, 단순화, 평면화의 촘촘한 모기장을 치지 않고는 살 수도 일할 수도 없다. 시인 역시 신문과 똑같이 천둥 치는 세상의 어둠 속에서 질서와 지도를 만들어 내고, 다차원보다 평면에서 살기를 좋아하고, 폭탄 폭발 소리보다 음악을 좋아하고, 대개 잘 가꾸어 온 환상을 갖고 독자들에게 다가간다. 독자가 자신과 비슷한 것을 체험하고 내면화할 수 있도록 시인의 생각과 체험을 고스란히 전달해 주는 규범과 언어, 체계가 있다는 환상 말이다. 평소에는 시인도 남들처럼 살고, 자신의 일에 최선을 다하고, 그러면서 자기 발밑의 바닥이 얼마나 버틸 수 있는지, 독자들이 자신의 생각과 체험을 실제로 얼마나 받아들이고 느끼고 공감하는지, 또한 믿음과 세계관, 도덕, 사고방식 면에서 독자들이 자신과 얼마나 비슷한지에 대해서는 깊이 생각하지 않으려 한다.

최근에 나는 내게 편지를 쓴 한 젊은이로부터 "늙고 지혜로운" 사람이라는 얘기를 들었다. 말 그대로 옮기면 이렇다. "나는 선생님을 신뢰합니다. 선생님이 늙고 지혜로운 사람이라는 걸 알기 때문입니다." 그때는 마침 내가 평소보다 의식이 좀 더 맑은 시점이었다. 나는 다른 수백 통의 편지 중에서 하필 별로 특별할 게 없는 그 편지를 집어 들고 읽었다. 처음부터 끝까지 다 읽은 것이 아니라 군데군데 문장이나 몇 마디를 집어내 최대한 정확히 들여다보며 진의를 파악하고자 했다. 그중에 "늙고 지혜로운 사람"이라는 구절이 있었다. 삶에 지치고 불평 많은 인간이 되어 버린 늙은이를 웃음 짓게 하기에 충분한 말이었다. 길고 풍요로운 삶 동안 지금의 쪼그라들고 덜 유쾌한 상태보다 지혜에 가까웠던 적이 많다고 믿었던 늙은이를 말이다. 그래, 늙었다는 말은 맞다. 나는 늙고 쇠진하고 실망하고 지쳤다. 그런데 '늙었다'는 말은 다른 뜻으로도 얼마든지 사용될 수 있었다. 오래된 전설, 오래된 집과 도시, 오래된 나무, 오래된 공동체, 오래된 제식이라고 할 때는 비하나 조롱, 경멸의 뜻은 전혀 담겨 있지 않았다. 인간의 늙음에도 그런 긍정적인 시선이 있었고, 내게도 그런 긍정적인 면이 극히 일부 있다는 점은 인정할 수 있었다. 하지만 나는 대개 늙음에 대한 부정적인 이미지만 인정하고 내게 적용하는 경향이 있었다. 물론 편지를 쓴 젊은이는 흰 수염을 기르고 온화하게 미소 짓는 뭔가 그림 같은 이미지나, 내적으로 감탄하고 존경할 만한 가치와 의미가 있는 사람을 상상하면서 '늙었다'는 표현을 썼을 것이다. 나도 아직 늙지 않았던 시절에는 늙음에 대해 늘 그런 이미지를 갖고 있었으니까 말이다. 그렇다면 그 말은 그냥 별 뜻 없이 적당한 인사 정도로 이해하고 넘어갈 수 있었다.

　그런데 '지혜롭다'니! 이건 대체 무슨 뜻일까? 특별한 의미 없이 무언가 일반적이고 모호한 것, 혹은 통상적인 수사나 상투적인 미사여구라면 그냥 그러려니 넘어갈 수 있었다. 하지만 그게 아니라면, 정말 무언가 뜻을 담아 이 말을 했다면 어떻게 받아들여야 할까? 그 뜻을 어떻게 알 수 있을까? 내가 자주 사용하는 오래된 방법이 떠올랐다. 자유연상법이었다. 나는 일단 마음을 차분하게 가라앉힌 뒤 방 안을 몇 번 서성거렸다. 그러다 '지혜롭다'는 말을 툭 내뱉고는 무엇이 가장 먼저 떠오르는지 기다렸다. 이럴 수가! 불쑥 떠오른 건 '소크라테스'라는 또 다른 말이었다. 이건 단순히 단어가 아니라 이름이었다. 이 이름 뒤에는 추상적인 것이 아닌 실제적인 형체, 인간이 있었다. 그렇다면 '지혜'라는 건조한 개념은 '소크라테스'라는 과즙 가득한 실제 이름과 어떤 관련이 있을까? 그건 답하기 어렵지 않다. 지혜는 교사와 교수를 비롯해 학생들로 가득한 강당에서 강연하는 저명인사, 신문 칼럼과 문예란의 필자들이 소크라테스에 대한 이야기를 꺼내자마자 곧장 그 인물에게 헌정하는 특수 자질을 가리킨다. 이렇게 해서 지혜로운 소크라테스니, 소크라테스의 지혜니, 혹은 저명한 강연자들이 말하는 소크라테스적 지혜라는 말이 회자되었다. 이 지혜에 대해서는 더 이상 말할 게 없다. 다만 그 말을 듣자마자 하나의 현실, 하나의 진실, 즉 온갖 전설적 포장에도 불구하고 매우 강렬하고 설득력 있는 인물인 진짜 소크라테스가 떠올랐다. 착하고 못생긴 얼굴의 이 아테네 노인은 자신의 지혜에 대해 정말 오해할 수 없을 만큼 명료하게 표현했고, 자신은 아무것도 모르고 정말 아는 것이 없고 지혜롭다는 수식어를 요구할 자격이 없는 사람이라고 말함으로써 유명해졌다.

여기서 나는 다시 한번 곧은길에서 벗어나 현실과 비밀 언저리에 접근했다. 이런 식이다. 우리는 생각과 말을 진지하게 받아들이려는 유혹에 빠지면 곧장 공허하고 모호한 어둠의 세계에 빠진다. 만일 학자와 수사학자, 강연자, 교수, 저자의 세계가 옳다면, 우리는 완전히 무지한 인간이다. 그러니까 첫째, 아는 게 없을 뿐 아니라 어떤 확실한 앎도 얻을 수 없다고 생각하고, 둘째, 그런 무지와 앎에의 무능력을 자신의 강점, 즉 현실에 의문을 제기하는 도구로 삼는 사람이다.

나는 늙고 지혜롭지 못한 소크라테스 앞에 늙고 지혜로운 사람으로 서서, 스스로를 변호하거나 부끄러워해야 했다. 부끄러움의 이유는 차고 넘쳤다. 나는 나 자신에게 어떤 술책을 부리고 궤변을 늘어놓더라도, 나를 현자라고 부른 그 젊은이가 어리석음과 청춘의 무지에서만 그렇게 한 것이 아니라 내가 그러도록 명분을 제공했고, 그렇게 유혹했으며, 심지어 나의 문학 작품을 통해 어느 정도는 그래도 좋다는 권한을 부여했음을 스스로 잘 알고 있었기 때문이다. 나는 지금껏 작품에서 깊은 체험과 성찰이 묻어나는 깨달음이나 노년의 지혜 같은 걸 써 왔고, 문학적으로 표현된 이런 대부분

241

의 '지혜'를 나중에는 다시 따옴표를 붙여 의심하고 뒤집어엎고 철회했음에도 불구하고, 전체적으로는 내 인생과 행동에서 그것들을 부정하기보다는 긍정했고, 맞서 싸우기보다는 동의하거나 침묵한 경우가 더 많았으며, 또한 놀랄 만큼 자주 정신적, 신앙적, 언어적, 관습적 전통에 충분한 존중을 표하기도 했다. 물론 내 글에는 여기저기 저항의 번개가 번쩍이고, 전통적인 제단화의 구름과 장식에 균열을 낸 자국이 있다. 묵시록적인 유령이 위협적으로 어른거리는 균열이다. 또한 인간의 가장 확실한 재산은 가난이고, 인간의 가장 진정한 빵은 굶주림이라는 사실도 내 글 여기저기 나타난다. 하지만 전체적으로 나는 다른 모든 사람과 마찬가지로 형식과 전통의 아름다운 세계로 눈을 돌리길 더 좋아하고, 묵시록적 불의 하늘보다 소나타와 푸가, 교향곡이 울려 퍼지는 정원을 더 좋아하며, 언어가 중단되고 하찮은 것으로 전락하는 모든 체험보다 마법 같은 연극과 언어가 주는 위안을 더 좋아한다. 소름 끼치도록 아름답고, 어쩌면 더없이 행복하면서도 치명적인 순간에 말과 생각으로는 표현할 수 없는 것이, 그러니까 비밀과 상처로만 경험할 수 있는 내면세계가 우리를 빤히 바라보고 있기에 언어가 힘을 잃는 체험보다 말이다. 편지를 쓴 그 젊은이가 이런 나를 아무것도 아는 게 없다는 소크라테스가 아닌 세속의 의미에서 지혜로운 사람으로 보았다면, 그에게 그럴 권리를 준 사람은 전적으로 나 자신이었다.

그럼에도 젊은이의 머릿속에서 지혜에 관한 상투적인 의미가 무엇인지, 지혜와 관련해서 그가 어떤 경험을 했는지는 알 수 없다. 아마 그가 생각하는 늙은 현자는 단순히 연극 속의 캐릭터이거나 모조품일지 모른다. 하지만 그 역시 '지혜'라는 말과 관련해서 내가 방금 길게 풀어놓은 일련의 연상을 알고 있었을 수도 있다. 또한 '지혜'라는 말을 들었을 때, 소크라테스가 지혜와 아무 관련이 없고 지혜에 대해 알려고도 하지 않았다는 사실을 처음엔 의아함과 당혹스러움으로 인지

했을지 모른다.

　결국 "늙고 지혜로운"이라는 말에 대한 나의 탐사는 별 성과를 거두지 못했다. 이제 나는 그 편지와 관련된 일을 어떻게든 마무리 짓기 위해 방향을 반대로 틀었고, 어떤 개별적인 말에서 단서를 찾는 것이 아니라 젊은이가 편지를 쓰게 된 동기나 편지의 핵심 내용에서 문제를 풀어 나가기로 했다. 편지의 초점은 하나의 질문이었다. 그것도 겉보기엔 매우 간단하고, 따라서 대답도 아주 간단한 질문이었다. "인생에 의미가 있을까요? 차라리 총알을 머리에 박는 것이 더 낫지 않을까요?" 첫눈에 보기에 이 질문에는 그리 많은 대답이 있을 것 같지 않다. 예를 들어 나는 이렇게 답할 수 있다. "그래요, 인생엔 의미가 없어요. 실제로 총으로 목숨을 끊는 게 더 나을 수도 있어요." 혹은 이렇게 답할 수도 있다. "인생엔 의미가 있어요. 총알로 도피구를 찾는 건 무의미한 짓이에요." 혹은 이런 대답도 가능하다. "인생에 의미는 없지만, 그렇다고 스스로 목숨을 끊을 것까지는 없어요."

혹은 "인생엔 훌륭한 의미가 있지만, 그에 맞춰 사는 것은 물론이고 그걸 찾는 것조차 너무 힘들어서 차라리 총알로 목숨을 끊는 게 더 나을 수도 있어요."

얼핏 보면 이게 그 젊은이의 질문에 대한 가능한 대답의 전부라고 생각할 수도 있다. 하지만 가능성을 열어 놓고 계속 시도해 나가자 답은 네 가지 또는 여덟 가지가 아니라 백 가지 천 가지나 되었다. 그럼에도 나는 맹세할 수 있다. 그 편지와 그것을 쓴 사람에게 해줄 수 있는 답은 근본적으로 오직 하나뿐이고, 그것만이 자유로 들어가는 유일한 문이자 지옥 같은 삶에서 벗어날 유일한 방법이라고.

이 유일한 답을 찾는 과정에서 지혜와 나이는 도움이 되지 않는다. 편지의 질문은 나를 완전히 어둠으로 몰아넣는다. 나의 지혜를 비롯해 나보다 훨씬 경륜이 많은 성직자들의 지혜도 책과 설교, 강연, 논문에서는 탁월하게 사용될 수 있지만, 현실 속의 개별 사례에는 적용될 수 없다. 그것도 나이와 지혜의 가치를 무척 과대평가하지만 더없이 진지하고, 심지어 "나는 선생님을 신뢰합니다."라는 간단한 말 한마디로 나의 방어 수단과 술책, 트릭을 모조리 내려놓게 만든 그 솔직한 환자에게는 말이다.

그렇다면 이제 유치하면서도 굉장히 진지한 질문이 담긴 그 편지에 대한 답을 어떻게 찾아야 할까?

내가 머리보다는 가슴으로, 경험과 지혜보다는 위장과 교감신경으로 더 많이 느끼고 처리하는 무언가가 편지에서 번개처럼 번쩍이더니 내게 휙 날아왔다. 현실의 숨결이자, 구름 틈새로 비치는 섬광이자, 관습과 평안함의 저편에서 들려오는 부름이었다. 이 부름에는 도망치고 침묵하든지, 혹은 복종하고 받아들이든지, 두 가지 방법 외에는 해결책이 없다. 어쩌면 내게는 아직 선택의 여지가 있고, 청년에게 이렇게 말해 줄 시간이 있을지 모른다. "난 널 도울 수 없어. 너만큼이나 아는 게 없다고!" 그게 아니라면, 이 편지를 다른 편지들 틈에 숨겨 버리고는 아무 일도 없었다는 듯 방치하고 외

246

면함으로써 내 머릿속에서 완전히 잊힐 때까지 기다릴 수도 있었다. 그러나 나는 이런 생각을 하면서도 분명히 알고 있었다. 편지에 대답해야만, 그것도 올바로 대답해야만 그 편지를 잊을 수 있음을. 이건 경험과 지혜에서 오는 확신이 아니라 부름의 힘에서, 현실과의 직접적인 대면에서 오는 확신이었다. 그렇다면 내가 답을 길어 올릴 힘은 나 자신도, 나의 경험도, 나의 지혜도, 나의 훈련도, 나의 휴머니즘도 아닌 현실 자체, 그러니까 그 편지가 내게 가져다준 현실의 작은 파편에서 온다. 따라서 편지에 답할 힘은 편지 자체에 있고, 편지 자체가 스스로 답할 것이며, 청년 자신이 답을 줄 것이다. 그가 나의 나이와 지혜에, 나의 돌에 불꽃을 일으킨다면, 그 불꽃을 일으킨 건 오로지 그의 망치와 내려침, 그의 절박함과 힘이다.

나는 이전에도 비슷한 질문을 담은 이런 편지를 자주 받았지만, 항상 대답을 한 것은 아니라는 사실을 숨기고 싶지 않다. 편지마다 글쓴이의 절박함이 다르게 느껴졌기 때문이다. 정말 절실한 심정으로 그런 질문을 던지는 순수하고 강렬한 영혼이 있는가 하면, 어설픈 괴로움을 진정성이 별로 느껴지지 않게 질문하는 부유한 젊은이들도 있었다. 가끔은 내게 모든 결정권을 맡기겠다는 이들도 더러 있었다. 만일 내가 "예"라고 하면 자신은 이 고통에서 치유될 것이고, "아니요"라고 하면 죽겠다는 것이다. 그러나 나는 그런 말이 아무리 강렬해 보여도 나의 허영심과 연약함에 호소하는 것으로 느껴지면 즉시 이런 판단을 내렸다. 이런 편지를 쓰는 사람은 내가 "예"라고 해도 치유될 사람이 아니고 "아니요"라고 얘기해도 죽을 사람이 아니다. 게다가 이 문제를 계속 세련되게 꾸며 나가다가 어쩌면 다른 늙은 현자들에게도 같은 질문을 던지고는, 그들의 대답에서 약간의 위안과 즐거움을 얻은 뒤 그것을 이전의 대답들을 모아 놓은 서류철에 끼워 넣을지 모른다.

내가 오늘 이 편지를 쓴 젊은이가 그런 사람이 아니라고 믿는다면, 내가 그를 진지하게 받아들인다면, 내가 그의 신뢰에 응답하고 그를 돕고자 하는 마음이 든다면 그건 모두 내가 아닌 그 젊은이 때문이다. 나의 손을 잡고 이끈 건 바로 그의 힘이고, 나의 관습적인 노년의 지혜를 깨뜨린 건 그의 진정성이며, 나까지 더없이 순결한 상태로 만든 건 그의 순수함이다. 미덕이나 이웃 사랑, 휴머니즘을 위해서가 아니라 모두 삶과 그의 진정성 때문이다. 우리가 숨을 내쉬면 우리의 온갖 의도나 세계관에도 불구하고 잠시 후 필연적으로 다시 숨을 들이마실 수밖에 없는 것처럼 말이다. 그것은 우리가 하는 것이 아니라, 우리에게 일어날 뿐이다.

이제 내가 그 절박함에 감동받고, 진정한 삶의 번갯빛에 사로잡히고, 더는 숨을 참지 못해 얼른 행동에 나서고, 그래서 편지를 다시 한번 읽고 그 외침에 귀를 기울이고자 한다면, 나는 그 편지에 나의 생각과 의심을 들이대거나 편지를 조사하거나 진단해서는 안 되고 오직 그 부름에 따라야 하며, 어쭙잖게 내 지식과 조언을 전달하는 대신 도움이 될 유일한 대답을 내놓아야 한다. 그 청년이 갖고 싶어 하고, 남의 입으로 듣기만 해도 그게 자기 자신에게서 비롯된 것임을, 자신이 불러낸 필연성임을 느낄 수 있는 대답을.

생판 낯선 사람의 그런 질문이 수신자의 마음에 와닿는 건 쉽지 않다. 편지 쓴 사람은 아무리 진심이고 절박하더라도 결국 관습적인 언어로 그 마음을 표현할 수밖에 없기 때문이다. 그는 인생에 의미가 있느냐고 묻는다. 소년의 치기 어린 고통처럼 막연하고 어리석게 들린다. 하지만 그가 말하는 건 '보편적인' 인생이 아니다. 철학이나 교리, 혹은 인간 권리를 요구하는 것도 아니다. 그가 말한 건 전적으로 자기 자신의 삶이다. 내게 있다고 믿는 지혜로부터 삶에 의미를 부여하는 기술이나 지침을 듣고 싶은 것이 아니다. 그가 원한 건 어떤 실제적인 인간이 자신의 실제적인 고통과 절박함을 잠시라도 같이 보고 같이 느끼고, 이를 통해 당분간 이 위기를 극복할 수 있기를 바랄 뿐이다. 내가 그런 도움을 준다면 실제로 그를 도운 건 내가 아니라 그가 가진 절박한 현실이다. 그게 한 시간가량 내게서 늙고 지혜로운 인간의 가식을 벗기고, 뜨겁도록 차가운 현실성의 물결을 퍼부었다.

이 편지 이야기는 이쯤 하자. 작가들이 독자의 편지를 읽은 후에 자주 드는 생각은 다음과 같은 질문들이다. 글쓰기 자체에 대한 순수한 즐거움을 차치하면 내가 책을 쓰면서 실제로 생각하고 원하고 추구한 것은 무엇일까? 이어 이런 질문도 던진다. 내가 내 글을 통해 노리고 추구했던 것 중에서 독자들이 동의하거나 거부한 것은 얼마나 될까? 독자들이 실제로 주목하고 인지한 부분은 얼마쯤 될까? 다른 질문도 있다. 작가가 자신의 작품으로 의도하고 원했던 것을 비롯해 그의 욕망과 윤리, 자기비판, 도덕성은 그의 책이 야기한 결과와 과연 관련이 있을까? 내 경험상 거의 관련이 없다. 일반적으로 작가가 가장 중요시하는 질문, 즉 작품의 미적 가치와 객관적 아름다움의 함량에 대한 질문은 현실에선 큰 역할을 하지 않는다. 미학적으로나 문학적으로 무가치한 책도 현실에서는 엄청난 영향을 끼칠 수 있다. 이러한 영향들 가운데 상당수는 겉으론 합리적이고, 예측 가능하고, 미리 내다볼 수 있고, 개연성이 있다. 그러나 실제로 이 세상에서 일어나는 일은 여기서도 너무나 비합리적이고 법칙이 없는 것으로 보인다.

젊은이들을 그렇게 유혹적으로 끌어당기는 자살이라는 주제로 돌아가자면, 나는 독자들로부터 그들이 막 스스로 목숨을 끊으려고 할 때 우연히 내 책을 접했고, 거기서 해방감과 정신적 각성을 얻어 다시 살아 나갈 힘을 얻었다고 쓴 편지를 여러 통 받았다. 그런데 이런 치료 효과가 있는 동일한 책을 두고 전혀 다른 반응도 있었다. 어느 자살한 아들의 아버지는 내게 심각한 비난을 담은 편지를 보냈다. 젊은이를 벌써 셋이나 죽게 한 내 책이 자신의 불쌍한 아들도 죽였다는 것이다. 그러니까 마지막 날 밤 아들의 침실 협탁에 내 책이 놓여 있었는데, 아들이 그 책을 읽고 목숨을 끊었다고 확신하는 듯했다. 나는 분개한 아버지에게, 아들의 자살에 대한 책임을 책 한 권에 전가하면 그건 아버지로서의 책임을 너무 쉽게 회피하는 것이라고 답할 수도 있었지만, 시간이 지나면서 그 아버지의 편지를 '잊어버렸다.' 망각이라는 건 원래 그런 것이다.

독일에서 젊은이들의 자살이 거의 열병처럼 정점에 치달을 무렵, 베를린에 사는 한 부인이 나의 다른 책과 관련해서 이런 내용의 편지를 보냈다. 이 책처럼 수치스러운 책은 당장 불태워 버려야 하고, 자신은 꼭 그렇게 할 것이며, 독일의 다른 어머니들도 아들들이 이런 책을 보지 못하게 막아야 한다는 것이다. 그 부인에게 실제로 아들이 있었다면 틀림없이 나의 이 수치스러운 책을 보지 못하게 했겠지만, 그럼에도 미쳐 돌아가는 세상의 다른 위험이나 무고하게 피를 흘릴 수밖에 없는 희생으로부터 세상의 아들들을 지킬 수 없는 것 또한 분명한 사실이다. 그런데 비슷한 시기에 다른 독일 여성이 같은 책을 두고 내게 전혀 다른 내용의 편지를 보낸 것은 퍽 흥미로웠다. 그녀에게 아들이 있다면 꼭 이 책을 읽게 해서 작가의 눈으로 인생과 사랑을 바라보는 법을 배우게 하겠다는 것이다. 솔직히 말하자면, 나는 책을 쓸 때 젊은이들을 망치겠다거나 그들에게 무언가 깨달음을 주겠다거나 하는 의도로 쓰지 않는다. 그런 생각은 정말 한순간도 해 본 적이 없다.

아마도 독자들은 한 번도 상상해 본 적이 없었을 것이 작가에게는 고민거리이자 걱정이 된다. 나는 왜 내 가슴속 저 밑바닥의 근원적인 저항감에도 불구하고 내 창작물을, 내 기쁨이자 고통인 사랑하는 자식들을, 내 삶의 가장 깊은 곳에서 끌어올려 거미줄처럼 엮은 내 작품들을 낯선 사람들 앞에 내놓고, 시장에 나오는 것을 지켜보고, 그로써 사람들에게 과대평가되거나 과소평가되고, 칭찬이나 악평, 혹은 경탄이나 시달림을 자청하는 것일까? 나는 왜 그것들을 그냥 나 혼자 간직하거나 기껏해야 가까운 친구 한 사람에게만 보여 주는 것에 만족하지 않고 세상에 내놓는가? 아예 출간하지 않거나 내가 죽은 뒤에나 출간하도록 할 수는 없을까? 내 사랑하는 자식들을 계속 세상으로 내보내 온갖 오해와 우연, 무례함에 무방비 상태로 노출시키는 이유가 명예욕이나 허영심, 공격성, 혹은 공격받는 것을 즐기는 무의식적인 욕망 때문일까?

이는 예술가라면 누구든 완전히 자유로울 수 없는 질문이다. 왜냐하면 세상은 우리의 창작물에 대한 대가를 지불하지만, 그것도 가끔 과하게 지불하지만, 삶과 영혼, 행복, 본질의 형태가 아닌 세속의 형태, 즉 돈과 명예, 혹은 유명인의 명단에 올리는 것으로 지불하기 때문이다. 예술가의 작업에 대한 세상의 가장 황당무계한 응답은 이렇다. 한 예술가가 자신이 속한 민족을 위해 작업을 한다. 민족은 그의 자연스러운 활동 영역이자 시장이다. 그런데 어떤 민족이 어느 작가의 작품을 뒷전으로 내팽개치고 인정은 고사하고 빵도 지불하지 않는다. 그러다 갑자기 다른 민족이 그 작품을 발견해서, 좌절한 그 작가에게 그가 받아 마땅했던 것, 즉 인정과 빵을 제공한다. 그러면 작가가 원래 자기 작품을 헌정했던 민족은 그제야 그를 열렬히 환호하면서 자기 자식이 그렇게 훌륭한 사람이 된 것을 기뻐한다. 이는 예술가와 민족 사이에서 일어날 수 있는 가장 이상한 일 중 하나다.

되돌릴 수 없는 것을 슬퍼하고 잃어버린 순수함을 아쉬워하는 것은 별 소용없는 일이지만, 우리는 그렇게 한다. 최소한 시인은 가끔 그렇게 한다. 따라서 마법을 통해 나의 모든 작품을 다시 나의 사유재산으로 만들고, 룸펠슈틸첸이라는 낯선 남자의 이름으로 그 작품들을 즐긴다는 생각은 내게도 퍽 매력적이다. 예술가와 세상의 관계에 뭔가 문제가 있고, 심지어 세상조차 때로 그것을 느낀다면, 어떻게 예술가가 더 민감하게 느끼지 않을 수 있을까? 비록 모든 점에서 큰 성공을 거두었다고 해도 예술가가 자신의 작품을 세상에 넘긴 것을 아쉬워하고, 그와 함께 무언가 비밀스럽고 사랑스럽고 순수한 것을 세상에 팔아 버렸음을 한탄하는 그런 마음을 나는 어릴 때 이미 내가 좋아하던 여러 작품에서 느꼈다. 무엇보다 그림 형제의 두꺼비 동화에서 말이다. 이후 나는 이 동화를 전율과 영혼의 나직한 고통 없이는 읽을 수가 없었다. 이런 마법 같은 작품을 내 말로 옮겨서는 안 되기에 이 글 끄트머리에 원작 그대로 실어 보겠다.

"한 고아 소녀가 성벽 옆에 앉아 실을 잣고 있었다. 그때 두꺼비 한 마리가 성벽 아래 구멍에서 나오는 것이 보였다. 소녀는 옆에 놓아둔 푸른색 비단 스카프를 잽싸게 펼쳤다. 두꺼비가 엄청 아끼고 혼자 걸어가길 좋아한다는 비단이었다. 두꺼비는 그걸 보자마자 구멍으로 다시 들어가더니 얼마 후 작은 금관을 물고 돌아와 스카프에 내려놓고는 다시 사라졌다. 그러자 소녀는 반짝거리는 왕관을 집어 들었다. 섬세한 금실로 엮은 금 세공품이었다. 얼마 지나지 않아 두꺼비가 다시 나왔다. 그런데 왕관이 보이지 않자 벽으로 엉금엉금 기어가더니 너무 괴로워하며 그 작은 머리를 있는 힘껏 벽에다 찧기 시작했고, 결국 그 자리에 쓰러져 죽고 말았다. 만일 소녀가 왕관을 그대로 놓아두었더라면, 두꺼비는 동굴에서 더 많은 보물을 갖고 나왔을 것이다."

_1947년

마르틴의 일기에서

그저께는 내 인생에서 가장 중요한 날이었다. 이전에는 전혀 몰랐지만 지금 와서 생각해 보니 내가 평생 줄곧 찾으며 예감해 왔던 무언가를 처음 겪고 느낀 날이었다.

그건 꿈과 관련이 있었다. 나는 이전부터 늘 이 꿈들에 골몰해 왔는데, 꿈이 얼마나 덧없는지, 아침이면 얼마나 빨리 사라지는지, 또 이성적 생각과 가볍게 스치는 것조차 두려워 얼마나 소심하게 도망치는지를 보면서 자주 놀라고 슬퍼했다. 지금껏 나는 살아오면서 내 안에 새로운 감정, 그러니까 무언가 아름답고 색다르고 형언할 수 없을 만큼 새롭고 부드럽고 사랑스럽고 진기하고 재치 있는 것을 느끼며 침대에서 깨어난 적이 얼마나 많았던가! 나와 온 세상 사이에 새로운 관계가 열리고, 새로운 감각이 다가오는 듯했다. 오래되고 익숙한 감각들의 지각 작용을 완전히 새롭게 연결하고 확인하고 변화시키는 감각이었다. 비유하자면, 그전까지 장미 냄새를 맡고 더듬더듬 만지기만 하던 맹인이 불현듯 눈을 떠 단순히 만지고 냄새 맡는 것을 넘어 꽃을 처음으로 보는 느낌과 비슷했다. 나는 시각과 촉각, 청각, 후각, 미각 외에 또 하나의 감각, 즉 다르게 느끼고 지각하는 능력을 개발하고 얻은 듯했다. 꿈에서 깨어 곰곰이 생각에 잠기면 간밤에 꾼 꿈이나 꿈의 잔재가 떠오를 때가 많았다. 나는 꿈에서 날았다. 또한 외침이나 손짓 없이도 무언가를 내 곁에 오게 할 수 있고, 내 영혼의 충동에 군말 없이 부드럽고 다정하게 따라 주는 연인도 있었다. 나는 공기를 포도주처럼 마시거나, 물속에서도 뭍에서처럼 숨을 쉴 수 있었다.

꿈에 대한 이런 기억과 함께 항상 새로운 감정이 또다시 내밀하고 유혹적으로 반짝거렸다. 물론 거기엔 벌써 이별을 서두르는, 붙잡을 수 없는 무언가의 슬픈 광채가 어른거리고 있었다. 그러다 생각이라는 놈이 뒤늦게 찾아왔고, 나는 완전히 잠에서 깨어나 의식을 찾았다. 그로써 꿈과 꿈의 행복은 점점 멀어졌고 비현실적으로 변했다. 침대에서 일어났을 때는 거의 모든 것이 사라져 일말의 불안한 상실감과 도둑맞은 느낌밖에 남아 있지 않았다. 거기다 내가 바보 같은 짓을 했거나 나 자신을 해치고 속였을 때 드는 양심의 가책과 비슷한 감정이 섞여 있었다.

가끔 나는 꿈이 자기기만이고, 그것을 비난하고 무시해야 한다고 생각했다. 그러나 아니었다. 그 반대였다. 꿈은 소중한 것이었다. 꿈을 무시하고 심판하고 거부하는 것은 말도 안 되는 짓이자 소중한 것을 훼손하는 일이었다. 나는 몇 번이나 이 깨달음에 아주 가까이 다가갔다. 그것은 마치 내 손안에서 파닥거리는 새처럼 생생했다. 그러다 깨달음은 다시 사라졌고, 나는 가련하고 슬픈 모습으로 홀로 남겨졌다. 그러던 것이 이제 다시 내 손안에 있다. 새로운 깨달음이, 새로운 경험이. 이름이야 뭐라고 부르든 상관없다.

나 혼자만을 위해 생각하고 고안한 것은 아마도 이야기할 만한 가치가 없을지 모른다. 그런데 나이가 들수록, 내 삶에서 발견한 자잘한 만족감이 시들해질수록 내가 어디서 삶과 기쁨의 원천을 찾아야 하는지 점점 더 분명해졌다. 사랑받는 것은 중요하지 않았다. 사랑하는 것이 전부였다. 우리 존재를 가치 있고 즐겁게 만드는 것은 우리의 느낌과 감정뿐이라는 사실을 나는 점점 또렷이 깨달아 갔다. 지상에서 '행복'이라고 부를 수 있는 건 모두 감정으로 이루어져 있었다. 돈은 별 게 아니었고, 권력도 별 게 없었다. 심지어 둘 다 가진 사람이 불행한 경우도 많았다. 아름다움 역시 하찮기는 마찬가지였다. 아름다운 남녀가 불행하게 사는 건 드문 일이 아니었다. 건강도 그리 중요하지 않았다. 인간은 자신이 건강하다고 생각하는 것만큼만 건강했다. 죽을 병을 앓는 환자 중에도 마지막 순간까지 삶의 기쁨으로 충만한 사람이 있는 반면에, 건강한 사람 중에도 고통에 대한 두려움 때문에 시시각각 불안해하며 시들어 가는 사람도 있다. 그러나 강렬한 감정으로 살아가고, 그 감정을 몰아내거나 학대하지 않고 돌보고 즐기는 사람에게는 어디서나 행복이 있었다. 아름다움은 그것을 가진 사람이 아니라 그것을 사랑하고 추앙하는 사람을 행복하게 해주었다.

겉으론 갖가지 감정이 있는 것처럼 보이지만, 기본적으로 감정은 하나다. 모든 감정은 여전히 의지라 부를 수 있다. 나는 그것을 사랑이라고 부른다. 행복은 사랑이지, 다른 무엇이 아니다. 사랑할 수 있는 사람은 행복하다. 그 속에서 스스로를 느끼고 자신의 생명을 감지하는 우리 영혼의 모든 움직임은 사랑이다. 따라서 많이 사랑할수록 행복하다. 그런데 사랑은 욕망과 완전히 똑같지는 않다. 사랑은 지혜로운 욕망이다. 사랑은 가지려 하지 않는다. 그저 사랑하고 싶을 뿐이다. 때문에 세계에 대한 사랑을 사유의 그물로 짜고, 계속해서 그 사랑의 그물로 세계를 새롭게 감싸려는 철학자도 행복하다. 물론 나는 철학자가 아니다.

그런데 나는 도덕과 미덕의 길에서는 행복을 길어 올릴 수 없었다. 오직 내 안에서만 느끼고, 내 안에서만 스스로 찾고 키운 미덕만이 나를 행복하게 해준다는 사실을 아는 내가 어떻게 타자의 미덕을 내 것으로 취할 수 있겠는가! 게다가 예수의 가르침이든 괴테의 가르침이든 사랑의 계율은 세상 사람들에 의해 완전히 오해받았다. 그것은 결코 계율이 아니었고, 지금도 계율은 없다. 계율은 깨달은 자가 무지한 자에게 전달하고, 무지한 자가 이해하고 느끼는 진리들이다. 그것도 잘못 이해된 진리들이다. 모든 지혜의 근본은 이렇다. 행복은 오직 사랑에서 온다. 내가 지금 "네 이웃을 사랑하라!"고 말한다면 그건 이미 왜곡된 가르침이다. 어쩌면 "네 이웃을 사랑하듯 너 자신을 사랑하라!"고 말하는 편이 더 옳을 수 있다. 항상 이웃에서부터 시작하려는 것은 근원 오류일지 모른다.

아무튼 우리의 내면 가장 깊숙한 곳에서는 행복을 갈망하고, 바깥세상과 원만한 조화를 원한다. 이런 조화는 어떤 사물과 우리의 관계가 사랑 외의 관계로 빠지자마자 삐걱거리기 시작한다. 사랑해야 할 의무란 없고, 오직 행복해야 할 의무만 있다. 우리는 오직 그러기 위해 이 세상에 존재한다. 어떤 의무든, 어떤 도덕이든, 어떤 계율이든 그것으로 우리가 서로 행복해지는 일은 거의 없다. 그것들로는 우리 스스로가 행복해질 수 없기 때문이다. 인간에게 '선'이 가능하다면, 인간은 행복할 때만, 자기 안에서 조화를 이룰 때만, 그러니까 사랑할 때만 '선할' 수 있다.

세상의 불행과 나 자신의 불행은 사랑이 제대로 이루어지지 않는 데서 비롯되었다. 이 지점에서 신약의 금언이 갑자기 내게 깊고 참되게 다가왔다. "너희가 어린 아이들과 같이 되지 아니하면 결코 천국에 들어가지 못하리라." 혹은 "천국은 너희 안에 있느니라."

이것은 세상의 유일한 가르침이다. 예수가 그렇게 말했고, 부처가 그렇게 말했고, 헤겔이 그렇게 말했다. 각자의 신학에서 말이다. 그들 모두에게 세상에서 유일하게 중요한 것은 바로 자신의 마음(영혼)이고, 사랑할 수 있는 능력이다. 제대로 사랑할 능력이 있다면 거친 밥을 먹든, 고기를 먹든, 누더기를 걸치든, 보석으로 치장하든 세상은 개인의 영혼과 순수하게 조화를 이루고, 선하고 순조롭게 돌아간다.

인간은 그 무엇도 자기 자신만큼 사랑할 수는 없다. 인간은 그 무엇도 자기 자신만큼 두려워할 수도 없다. 그렇기에 초기 인간 사회의 신화와 계명, 종교와 함께 기이한 전이 체계와 허위 체계가 생겨났다. 그 체계에 따라 생명의 바탕을 이루는 자기 자신에 대한 개인적 사랑은 사람들 사이에서 금지되고, 비밀에 부쳐지고, 은폐되고, 숨겨지고, 위장되어야 했다. 그와 더불어 자신을 사랑하는 것보다 타인을 사랑하는 것이 더 훌륭하고 도덕적이고 고결한 것으로 여겨졌다. 그런데 자기애는 근원 충동이고, 그게 있으면 이웃 사랑은 결코 제대로 번성할 수 없었기에 인간들은 가면을 씌운, 고양되고 양식화된 자기애를 발명했다. 상호 간의 이웃 사랑이라는 형태로 말이다. 그리하여 가족과 부족, 마을, 종교 공동체, 민족, 국가는 신성시되었다. 인간은 자기 자신을 위해선 어떤 자잘한 도덕적 명령도 어겨서는 안 되지만, 공동체와 민족, 조국을 위해선 무엇이든 다 할 수 있었다. 심지어 아무리 끔찍한 일이라고 하더라도 말이다. 그전에는 금지되고 경원시되던 모든 본능이 여기선 의무와 영웅적 행위가 되었다. 인류가 지금껏 달려온 길이 여기까지다. 어쩌면 시간이 가면서 민족의 우상들도 무너질 것이고, 어쩌면 새롭게 발견된 온 인류에 대한 사랑 안에서 그 오랜 근원적인 가르침이 새로운 돌파구를 찾을지도 모른다.

그러한 깨달음은 천천히 다가오고, 우리는 나선형으로 구불구불 그것을 향해 나아간다. 그러다 깨달음에 이르면 마치 비약적으로 순식간에 도달한 것 같은 느낌이 든다.

하지만 이 깨달음은 아직 삶이 아니다. 우린 그저 그리로 갈 뿐이고, 어떤 이는 영원히 그 길을 걷는다. 나 역시 그 길을 예감했고, 확실히 안다고 믿었지만 실제로는 진전을 이루지 못했다. 진보와 퇴보, 열정과 불만, 믿음과 실망만 있었다. 어쩌면 평생 그럴지도 모른다.

그러던 내가 이제 한발 나아갔다. 그제부터였다. 그 전까지는 내게서 항상 도망만 치던 무언가를 마침내 붙잡는 데 성공했고, 황금새처럼 저 멀리 창공을 날아가는 것을 지켜보기만 하던 무언가를 한동안 내 것으로 만들었다.

내 체험은 이랬다. 그제 처음으로 나는 간밤에 꾼 꿈의 의미와 행복, 가르침과 본질을 낮까지 가져갈 수 있었고, 그전에는 꿈에서만 가능하던 세계와의 관계를 몇 시간 동안 유지할 수 있었으며, 평소 낮에는 기대조차 할 수 없던 능력을 몇 시간 동안 가질 수 있었다.

이것에 대해 얘기하는 것은 최대한 조심해야 한다. 이 첫 체험은 너무나 사랑스럽고 섬세하고, 너무나 신성하고 반짝거리고, 너무나 신비한 금빛이어서, 감히 말과 생각, 잉크로 더럽히고 싶지가 않다.

이 체험은 어제와 오늘 반복되었다. 나는 그게 백 번 천 번, 아니 날이면 날마다 되풀이되고, 비밀과 기적이 아니라 환한 대낮과 자연이 되고, 내 것이 되고, 자명한 일이 되길 바란다.

__1918년

고집

내가 무척 사랑하는 미덕은 딱 하나 있다. 고집이다. 나는 책에서 읽거나 교사들에게서 들은 다른 많은 미덕은 그리 높이 치지 않는다. 인간이 고안해 낸 모든 미덕은 단 하나의 이름으로 묶을 수도 있을 듯하다. 그 미덕의 이름은 바로 복종이다. 문제는 무엇에 복종하느냐이다. 그런 측면에서 보자면 고집도 복종이다. 다만 많은 사랑과 찬사를 받는 다른 모든 미덕은 인간이 만든 법칙에 복종한다면, 고집은 유일하게 이런 법칙들에 개의치 않는다. 고집 있는 사람이 따르는 법칙, 즉 절대적으로 신성한 법칙은 따로 있다. 바로 자기 속의 법칙이자 자기만의 '의미'이다.

고집이 그다지 인기가 없는 것은 무척 안타깝다. 그렇다고 나름 존중이라도 받을까? 당연히 아니다. 오히려 악덕이나 아주 고약한 버릇 정도로 취급받기 일쑤다. 고집은 남들에게 거추장스러움이나 미움을 불러일으킬 때만 그 본래의 아름다운 이름으로 불린다. (말이 나온 김에 덧붙이자면, 진정한 미덕은 언제나 사람들을 곤혹스럽게 하고 미움을 불러일으킨다. 소크라테스나 예수, 조르다노 브루노를 비롯해 다른 모든 고집스러운 인간들을 보라.) 고집을 미덕이나 귀여운 애교 정도로 인정할 의향이 실제로 어느 정도 있는 사람은 이 미덕의 거친 이미지를 되도록 완화시키는 명칭을 사용한다. 예를 들어 '개성'이나 '특성' 같은 말은 '고집'처럼 밉살스럽거나 부도덕하게 들리지 않고, 오히려 상당히 세련되게 들린다. '독특함'이라는 말도 그나마 감수할 만하다. 물론 이것은 견딜 만한 기인이나 예술가, 괴짜들에게만 붙이는 말이다. 고집이 자본과 사회에 뚜렷한 해를 입히지 않는 예술에서는 심지어 독창성으로 받아들여지기도 하고, 예술가에게 나름의 고집은 정말 바람직한 것으로 여겨지기도 한다. 어떻게 보면 사람들은 그 고집에 돈을 지불한다. 그런데 오늘날의 일상적 언어 세계에서 '개성'이나 '특성'이라는 말은 퍽 복잡하다. 즉, 누군가 실제로 갖고 있고, 드러내고, 장식처럼 달고 다니지만, 중요한 상황에서는 다른 법칙에도 신중하게 따를 줄 아는 것이 개성이다. 우리는 자기만의 고유한 생각과 견해를 몇 가지 갖고 있지만 그에 따라 살지는 않는 사람을 '개성 있는 사람'이라고 부른다. 그런 사람은 가끔 자신이 다르게 생각하고 고유한 견해를 갖고 있음을 세련되게 슬쩍 내비칠 뿐이다. 이런 식으로 부드럽게 은근히 뻐기는 형식으로 표출되는 개성은 사람들에게 미덕으로 여겨지기도 한다. 하지만 누군가 자기만의 생각을 갖고 있을 뿐 아니라 실제로도 그에 따라 살아간다면, 그는 '개성'이라는 칭찬받을 만한 증명서를 잃고 '고집 있는 사람'이라는 딱지가 붙여진다. 그런데 고집이라는 단어를 글자 그대로 해석해 보자! 대체 '고집'이 뭔가? 나름의 고유한 의미[*]를 갖고 있다는 뜻이 아닌가? 그렇지 않은가?

지상의 모든 것엔 '나름의 고유한 의미'가 있다. 돌멩

---

[*] 고집은 독일어로 'Eigensinn'인데, 글자 그대로 풀면 '자기 고유의[Eigen]' '의미[Sinn]'라는 뜻이다.

이 하나, 풀 한 포기, 꽃 한 송이, 덤불 하나, 동물 한 마리 할 것 없이 모두 자신의 의미에 따라 자라고 살아가고 행동하고 느낀다. 세상이 선하고 풍요롭고 아름다운 것도 그 덕분이다. 꽃과 열매가 있고, 참나무와 자작나무, 말과 닭, 주석과 철, 금과 석탄, 이 모든 것이 존재하는 것은 우주에서 아무리 하찮은 사물이라도 오로지 자신의 '의미'와 법칙을 자기 안에 갖고 있고, 흔들림 없이 그 법칙을 완벽하게 따르기에 가능한 일이다.

그런데 이러한 영원한 부름에 따르지 못하고, 자기 안에 깊이 각인된 고유한 의미가 명하는 대로 살고 성장하고 죽지 못하는, 불쌍하고 저주받은 존재가 지상에 딱 둘 있다. 인간과 인간에 의해 길들여진 가축이다. 이들은 생명과 성장의 목소리가 아니라, 인간이 정해놓고, 그러면서도 시시때때로 인간에 의해 다시 어겨지고 변경되는 임의의 법칙에 따라야 하는 벌을 받은 존재들이다. 그런데 정말 해괴한 것은, 자기만의 고유한 법칙을 따르기 위해 세상의 어떤 법도 무시한 몇몇 사람들, 그러니까 당시에는 대부분 사형선고를 받거나 돌에 맞아 죽은 사람들이 훗날 영웅이나 해방자로 영원히 존경을 받고 있다는 사실이다. 다른 누구도 아니고, 그때그때 임의로 만들어진 법칙에 대한 복종을 사람들 사이의 최고 미덕으로 찬양하고 요구하던 인류가 자신의 요구에 반기를 든 사람들, 그러니까 '자기만의 고유한 의미'에 충실히 따르지 않으니 차라리 목숨을 내놓은 사람들을 영광스러운 만신전萬神殿에 모신 것은 아이러니가 아닐 수 없다.

'비극적'이라는 말은 경이로울 만큼 고결하고 신비하고 성스럽다. 인류의 신화적인 청춘 시절에서 유래된 전율로 가득한 이 말을 요즘은 모든 기자가 매일 수없이 남용한다. 그렇다면 이 말의 본래적인 뜻은 무엇일까? 그건 세상의 관습적인 법에 맞서 오직 자신의 별만 좇다가 파멸한 영웅의 운명, 그 이상 그 이하도 아니다. 오직 이런 영웅들을 통해 인류는 반복해서 '자기만의 고유한 의미'에 관한 깨달음을 얻는다. 왜냐하면 비극적 영웅, 즉 고집 있는 자는 인간의 법과 관습에 대한 불복종이 난폭한 자의가 아니라, 오히려 훨씬 더 고귀하고 신성한 법칙에 대한 신의라는 사실을 수백만 명의 평범하고 비겁한 사람들에게 반복해서 보여 주기 때문이다. 달리 말해서, 인간의 무리 근성은 한 사람 한 사람에게 순응과 예속을 강력하게 요구하면서도, 비겁하게 참고 순응하는 자가 아니라 고집 있는 자, 즉 영웅에게 최고의 경의를 표한다.

기자들이 공장에서 일어나는 모든 사고를 '비극적'이라고 부른다면 그건 분명 언어 남용이다. (사실 명청이 기자들에게 '비극적'이라는 말은 '유감스럽다'는 뜻이나 다름없다.) 마찬가지로 전장에서 불쌍하게 죽은 모든 병사를 가리켜 '영웅 같은 죽음'이라고 말하는 것도 당연히 적절치 않다. 그건 사실 감상적인 사람이나, 전쟁에 나가지 않고 집에 남은 사람들이 즐겨 쓰는 말이다. 우리가 전쟁에서 죽은 병사들에게 연민을 느끼는 것은 지극히 당연하다. 그들은 종종 엄청난 일을 해 냈고, 엄청난 고통을 겪었으며, 심지어 그 과정에서 목숨을 내놓기도 했다. 하지만 그렇다고 해서 '영웅'은 아니다. 개처럼 장교에게 불호령이나 듣던 일개 병사가 총에 맞아 죽었다고 갑자기 영웅이 될 수는 없다. 수백만 명에 이르는 이 엄청난 수의 사람들에게 '영웅'이라는 명칭을 붙이는 것은 그 자체로 말이 안 된다.

'영웅'은 의무를 충실히 따르는 순종적이고 성실한 시민이 아니다. '자기만의 의미', 자신의 고결하고 자연스러운 고집을 운명으로 만든 개인만이 영웅이 될 수 있다. 독일에서 가장 심오하면서도 가장 알려지지 않은 정신인 노발리스는 이렇게 말한다. "운명과 마음은 동일한 개념의 다른 이름이다." 하지만 운명을 스스로 만들어 낼 용기가 있는 사람은 영웅뿐이다.

대다수 사람들이 이런 용기와 고집을 갖고 있다면 세상은 달라졌을 것이다. 우리에게 월급을 받는 교사들(과거 시대의 영웅과 고집 있는 자들을 그렇게 칭송하던 사람들이다)은 그리되면 모든 게 엉망이 될 거라고 말한다. 그에 대한 증거도 없고, 증거를 대려고도 하지 않으면서 말이다. 하지만 현실적으로 접근해 보면, 자신의 내적 법칙과 의미를 따르는 사람들은 좀 더 풍요롭고 고결한 삶을 누릴 것이다. 그들의 세계에서는 어쩌면 오늘날 우리의 존경하는 판사들이라면 처벌해야 할 많은 언동과 성급한 주먹다짐이 처벌을 받지 않을지도 모른다. 가끔은 살인도 일어날 수 있다. 하지만 생각해 보라. 온갖 법과 처벌의 위협에도 살인은 지금도 일어나고 있지 않은가? 아무튼 대부분의 사람이 그런 용기와 고집을 갖고 있다면, 지금처럼 잘 정돈된 세계에서도 소름 끼치게 일어나는 온갖 끔찍하고 슬프고 미친 짓거리는 일어나지 않고, 일어날 수 없을지도 모른다. 예를 들면 국가 간의 전쟁 같은 것 말이다.

벌써 권위적인 당국이 나를 보고, "넌 지금 혁명을 설파하고 있어!" 하고 외치는 소리가 들리는 듯하다.

이건 무리 인간*들에게서만 일어날 수 있는 또 다른

오류다. 나는 고집을 설파한 것이지 혁명을 설파한 것이 아니다. 내가 어떻게 혁명을 바라겠는가? 혁명은 전쟁과 다름없고, 전쟁과 마찬가지로 '다른 수단을 동원한 정치의 연장'일 뿐이다. 언젠가 자기만의 삶을 살아갈 용기를 느꼈고, 자기 운명의 소리를 들었던 인간에게, 정치는 군주제든 민주제든 혁명이든 보수든 하등 중요하지 않다. 그의 관심은 다른 데 있다. 모든 풀줄기의 깊고 고결하고 성스러운 고집처럼 그의 '고집'도 오직 스스로의 성장에만 향해 있다. 이걸 보고 '이기주의'라고 불러도 어쩔 수 없지만, 이 이기주의는 돈이나 권력에 혈안이 된 사람들의 나쁜 이기심과는 완전히 다르다!

내가 말하는 '고집'을 가진 사람은 돈이나 권력을 탐

---

* 늘 집단에 예속되어 전체 집단의 뜻과 목표에 따라서만 행동하는, 비독립적이고 비주체적인 인간. 자기 의지가 없다는 측면에서 니체가 말하는 노예 인간과 일맥상통한다.

하지 않는다. 그가 그런 것들을 경멸하는 것은 세속적 욕망을 포기한 이타주의자나 도덕군자라서가 아니다. 오히려 그 반대다. 인간은 돈이나 권력, 혹은 다른 욕망들 때문에 서로를 괴롭히고, 심지어 총으로 죽이기도 한다. 하지만 자기 자신에게 이른 사람, 즉 고집 있는 사람에게는 그런 것들이 별 가치가 없다. 그가 높이 사는 것은 단 하나뿐이다. 그를 살아가게 하고 그의 성장을 돕는 내면의 신비로운 힘이다. 이 힘은 돈과 같은 것으로는 얻어지거나 커지거나 깊어질 수 없다. 돈과 권력은 불신의 발명품이기 때문이다. 자기 내면의 생명력을 믿지 못하는 사람, 그 힘이 부족한 사람은 돈과 같은 대체 수단으로 그것을 보충할 수밖에 없다. 반면에 스스로를 신뢰하고, 자신의 운명을 자기 속에서 순수하고 자유롭게 체험하고 펼치는 것 외에는 아무것도 바라지 않는 사람에게, 수천 배나 더 비싼 비용을 치러야 하는 그 과대평가된 보조 수단은 하위 도구로 전락하고 만다. 갖고 사용하면 편하기는 하겠지만 결코 결정적인 것은 될 수 없는 도구로 말이다.

아, 나는 고집이라는 이 미덕을 어찌나 사랑하는지! 일단 그것을 알아보고, 그중 일부를 자기 속에서 발견하게 되면, 세상이 그토록 칭찬하고 권장하는 많은 미덕들이 이상하게도 하나같이 미심쩍어진다.

애국심도 그중 하나다. 나라고 딱히 애국심에 반대하는 건 아니다. 애국심은 개인의 자리를 거대한 관념적 복합물로 대체한다. 그런데 총격전이 시작되어야만 비로소 애국심은 하나의 미덕으로 높이 평가된다. 전쟁이란 '정치의 연장'이라고 하기엔 너무 순진하고 불충분한 수단임에도 말이다. 사람들은 농토를 잘 경작한 농부보다 적을 잘 쏘아 죽인 군인을 항상 더 위대한 애국자로 여긴다. 농부는 그것으로 자신이 이득을 취하기 때문이다. 퍽 이상한 일이지만, 우리의 복잡한 도덕에서는 스스로에게 좋고 유익한 미덕은 늘 수상쩍은 것으로 간주된다.

왜 그럴까? 우리는 언제나 남을 희생시켜 이익을 얻

는 데 익숙해 있기 때문이다. 또한 우리는 불신에 가득 차서 항상 남의 것을 탐해야 한다고 생각하기 때문이다.

원시 부족의 족장은 자신이 적을 죽이면 그의 생명력이 자신에게 넘어온다고 믿는다. 모든 전쟁과 경쟁, 인간들 사이의 모든 불신에도 이런 가련한 야만적 믿음이 깔려 있는 건 아닐까? 그렇다, 우리는 착실한 농부를 최소한 군인과 동급에만 놓아도 더 행복해질 것이다. 아, 이 미신을 포기할 수만 있다면! 한 사람 또는 한 민족이 생명력과 삶의 즐거움을 얻으려면 무조건 타인이나 타민족에게서 그것을 빼앗아야 한다는 이 미신을 버릴 수만 있다면!

이제 그 교사의 말이 들리는 듯하다. "아주 좋은 말씀이군요. 하지만 이 문제를 국민경제적 관점에서 객관적으로 다시 한번 살펴봐 주시기 바랍니다! 전 세계 생산량은……."

그에 대한 나의 대답은 이렇다. "아니, 됐습니다. 국민경제적 관점은 결코 객관적이지 않습니다. 그건 같은 사

281

물도 매우 상이하게 보이게 하는 안경과 같습니다. 예를 들어 전쟁 전에 우리는 국민경제적 관점에서 세계대전은 불가능하거나, 일어나더라도 결코 오래 지속될 수 없을 거라고 예측했습니다. 하지만 오늘날에는 동일한 국민경제적인 관점으로 그와 정반대되는 결과를 증명할 수 있습니다. 그렇다면 그런 허황한 이야기 대신에 현실을 직시합시다!"

이런 '관점'들은 사실 뭐라고 부르든, 그리고 비대한 몸집의 교수들이 아무리 뭐라고 대변하든 하찮기 그지없다. 모두 살얼음판과 같다. 우리는 계산기가 아니고, 그 밖의 다른 기계 장치도 아니다. 우리는 인간이다. 인간에게는 하나의 자연스러운 입장과 하나의 자연스러운 척도만 있을 뿐이다. 고집 있는 사람의 관점이자 척도다. 그런 사람에게 자본주의나 사회주의의 운명 같은 건 존재하지 않는다. 그의 가슴속엔 영국이나 아메리카 같은 건 없고, 그저 고요하고 필연적인 법칙만 살아 숨 쉰다. 전통과 관습의 품에 편안히 안긴 사람이

이 법칙을 따르기란 엄청나게 어렵다. 그러나 고집 있는 사람에게 이 법칙은 성스러운 운명이다.

__1919년

우리는 인류의 위대한 스승들이 발견하고 가르친 것을 거의 모두 잊은 지 꽤 오래되었다. 그들은 수천 년 전부터 똑같은 것을 가르쳤고, 모든 신학자와 인본주의자는 소크라테스에 기울든 노자에 기울든, 은은하게 미소 짓는 부처에 기울든, 아니면 가시면류관을 쓴 구세주에 기울든 모두 명확한 말로 그것을 말해 왔다. 그들 모두, 그러니까 아는 자와 각성한 자, 깨달은 자, 참된 전문가, 스승들은 동일한 것을 가르쳤다. 즉, 인간은 위대함도 행복도 원치 않고, 영웅도 달콤한 평화도 원치 않는다. 인간이 진정으로 원하는 것은 행복만큼 고통을, 고요만큼 소란을 견디는 데 필요한 순수하고 깨어 있는 감각, 용감한 마음, 신의, 그리고 현명한 인내뿐이다.

_「1946년의 첫 시간에 부치는 인사말」 중에서

아름다움에 부쳐

그대 부드러운 손을 우리에게 다오!
어머니의 손에서 떨어져
우리는 어둠 속을 헤맨다,
낯선 땅을 지나는 아이들.

가끔 어두워지면
고향의 한 현자가 그대 목소리에
놀라운 것을 선사한다,
불안한 여정의 빛과 위로를.

목적지도 길도 없는 방랑자,
우리는 아득한 어둠을 헤맨다.
그대 우리를 친절하게 안내해 다오,
위대한 아침이 다가올 때까지!

_1900년

이탈리아의 밤

나는 깜박이는 램프 불빛 속에
이토록 다채롭게 빛나는 밤을 사랑하고,
내 노래의 붉은 열정을 그 안에 엮어 넣길 좋아했다.
보라, 연인이여, 청춘들이 밤늦게 춤을 추며
북적거리는 모습을, 오직 우리를 위해
초승달이 횃불 연기에 걸린 모습을.

이런 밤이면 내 떨리는 가슴은
고통과 기쁨의 고향인 청춘들에게로 귀를 기울이고,
사랑에 빠진 멜로디의 박자에 맞춰 쿵쾅거린다.
그러나 내 눈은 은빛 쪽배를 타고
안전한 길을 따라 흐르는 낯선 달을 본다,
달처럼 외로움에 젖어.

보라, 내 청춘은 다채로운 놀이이자
열병과도 같은 춤이었고, 목표 없이 거칠기만 했으며,
그러다 어느 순간 유성처럼 산산이 부서져 흩어졌다.

이후 나는 세상을 불안하게 떠돌았고,
머리를 내려놓을 잠자리도, 내 노래를 들을 귀도 없이,
꿈속에서만 파리한 향수의 땅을 보았을 뿐이다.

보라, 저기! 뜨거운 군중이 물결처럼 춤추며
  환희로 붉게 타오르고, 순간의 기쁨이 담긴 불꽃 화환을
  환호성을 지르며 공중으로 내던진다.
  내 젊음이 저기서 이국의 뜨거운 향기에
  달콤하게 취해 예전의 놀이를 새로운 춤으로 바꿔
  계속 놀고 있는 듯하구나.

아, 예전의 놀이라니! 지금의 나는 이렇게 떨어져
  구경꾼의 모습으로 등을 기댄 채 도취의 음료가 주는
  달콤한 유혹을 서늘한 입술에서 재고 있을 뿐인데.
  내 정신은 무심코 주위를 둘러보고,
  내 심장은 향수에 젖어 빠르게 쿵쾅거리는 소리를

노래 박자처럼 웃으면서 세고 있을 뿐인데.

＿1898년

외로운 밤

나의 형제들이여,
멀리 있든 가까이 있든 불쌍한 이들이여,
별의 나라에서 너희 고통의
위안을 꿈꾸는 이들이여,
별이 총총한 창백한 밤하늘을 향해
말없이 인내의 야윈 두 손을
모으는 이들이여,
이 밤 괴로워하고, 깨어 있는,
너희 가련하고 방황하는 벗들이여,
별도 행복도 없는 뱃사람들이여,
낯설지만 나와 하나로 연결된 이들이여,
부디 나의 인사에 답해 주오!

__1901년 8월

잊지 마라

이렇게 혹독하게 더운 날이 없다,
저녁도 너를 가엾게 여기지 않고,
어머니 같은 밤도 다정하고 온화하고 조용히
안아 주지 않을 것 같구나.

그러나 그대 내 심장이여,
그리움이 아무리 뜨겁게 짓누르더라도
밤이 가까워져 왔음을 믿어라,
부드러운 두 팔로 너를 안아 줄 밤이.

정처 없이 떠도는 방랑자 손님을 위해
낯선 손이 침대를,
성스러운 관을 준비하고 있을 것이다,
네가 마침내 쉴 수 있는 관을.

잊지 마라, 나의 거친 심장이여,
너의 모든 욕망을 열렬히 사랑하라,

너의 쓰디쓴 고통을 뜨겁게 사랑하라,
영원한 안식의 순간이 오기 전에.

이렇게 혹독하게 더운 날이 없다,
저녁도 너를 가엾게 여기지 않고,
어머니 같은 밤도 다정하고 온화하고 조용히
안아 주지 않을 것 같구나.

__1908년

풀밭에 누워

풀밭에 누워
부드러운 숲에서 들리는 풀 소리에 귀를 기울인다.
어지럽게 속삭이던 숲이 저만치
하늘을 가린다.

시간이 흐르고,
나는 더 이상 고통을 모른다.
그러나 오늘은 아직도 너무 고통스러워
그조차 소용이 없다.

그러면 내 뜨거운 피가 서늘하고 환하게
풀줄기와 클로버 속에서 돌고,
이 순간의 격한 아픔이
멎고, 식고, 좋은 느낌으로 다가온다.

내 그리움이 자아내는
꿈은 한 송이 꽃이 되고,

나는 그 향기를 맡으며 잠이 들고,
한 아이가 집으로 돌아간다.

__1914년 6월

암소

너 아름다운 암소여,

풀밭에서 여린 풀을 뜯어 먹고,

이따금 꿈같은 휴식 속에서

목에 달린 종을 한가하게 울리는 모습이

알프스 구릉지의 제왕 같구나!

안타깝게도 내게는 네가 가진 최고의 것이 없구나,

네 영혼의 깊은 휴식,

네 아름다운 눈의 사랑스러움,

네 몸 같은 넓은 아량이.

네 옆에 가 누우니

너는 그 아름다운 눈을 동그랗게 뜨고

입을 실룩실룩 되새김질하며 나를 바라보는구나.

__1901/02년

전통에는 기이한 구석이 있습니다. 전통은 하나의 비밀이자, 심지어 성사聖事에 가깝습니다. 우리는 어떤 전통을 접하면 일단 갖가지 이름과 방향, 거대 사상에 연결시키고, 한동안 그것을 따르다가 수년 수십 년이 지나면 오래전에 무시해 버린 이름과 방향 뒤에 하나의 비밀이 숨겨져 있음을 서서히 알게 됩니다. 낭만주의나 괴테, 중세, 고대뿐 아니라 인류의 오래된 신화와 민간 설화로 거슬러 올라가는 이름 없는 유산이지요. 그것은 인간 및 사상의 거대 대립들을 모조리 포괄하지만, 단 한 가지는 품고 있지 않습니다. 무조건 어떻게든 새로워지려는 정신 말입니다.

_1940년 3월의 한 편지에서

내가 인간의 전 역사를 바라보는 시선에 대해서는 어쩌면 신화를 들어 설명하는 것이 가장 좋을 듯합니다. 예를 들어 인도 신화에는 인간 역사를 네 개의 시대로 구분한 전설이 있는데, 마지막 시대에 이르러 전쟁과 타락, 비참함이 극에 달하면 신들 가운데 전사이자 해결사인 시바가 나타나 춤을 추며 어지러운 세상을 말끔히 청소합니다. 그의 작업이 끝나자마자 우아한 창조의 신 비슈누가 풀밭에 누워 아름다운 꿈을 꾸고, 그 꿈속에서 혹은 그의 숨결이나 머리털 하나에서 새로운 세상이 아름답고 생기 있고 황홀하게 솟아나며 모든 것이 다시 시작됩니다. 그것도 기계적인 방식이 아니라 마법처럼 아름답고 활기찬 방식으로요.

나는 우리의 서양이 네 번째 시대에 이르렀고, 시바가 우리 머리 위에서 이미 춤을 추고 있으며, 그 춤으로 거의 모든 것이 파괴되리라고 생각합니다. 또한 그에 못지않게, 모든 것이 새로 시작되고, 인간들이 곧 다시 희생의 제단에 불을 피우고 성소를 지을 거라고 믿습니다. 따라서 지치고 늙은 이 몸이 이제 죽어도 여한이 없을 만큼 충분히 살았고 쇠진했다는 사실이 기쁩니다. 물론 내 아들들을 포함해 젊은이들을 절망 속에 내버려 두겠다는 뜻은 아닙니다. 나는 그저 그들을 힘들고 불안한 시련의 불 속에 남겨 두겠다는 것뿐입니다. 우리에게 성스럽고 아름다웠던 모든 것이 그들과 미래의 후손들에게도 다시 찾아오리라고 믿어 의심치 않습니다. 내가 보기에, 인간은 아주 높이 올라갈 수도 있고 저 밑바닥까지 추락할 수도 있는 존재입니다. 반신이 될 수도, 반악마가 될 수도 있다는 말이지요. 하지만 정말 위대한 일을 했건, 비열한 짓을 했건 간에 인간은 항상 다시 제 발로 자기 자리로 돌아오고, 야만성과 악마성을 드러낸 뒤에는 반드시 반작용이 이어지고, 그리고 그 뒤에는 다시 인간이라면 누구나 갖고 있는, 분수와 질서에 대한 타고난 갈망이 찾아오리라 믿습니다.

따라서 한 노인으로서 나는 오늘날 더는 외부에서 마음에 드는 것을 기대할 수 없어 선조들 곁에 묻히는 편이 더 나으리라 생각하지만, 이런 시대에도 아름다운 시와 음악을 접하고 신실하게 신적인 것을 올려다보는 일이 여전히 옛날만큼이나 진실하고 생동감 넘치고 가치 있다고 믿습니다. 그에 반해 지금의 현실을 지배하는 것, 그러니까 기술자와 장군, 은행가들의 세계는 점점 더 비현실적이고 공허하고 터무니없이 변해 가고 있습니다. 심지어 전쟁조차 전체에 대한 사랑의 역할 이후로는 모든 매력과 장엄함을 잃어버렸습니다. 지금의 물질적인 전쟁에서 서로 치고받고 싸우는 존재들은 거대한 악귀와 키메라들입니다. 반면에 모든 영혼적인 것과 모든 참된 것, 모든 아름다운 것, 그리고 그것들에 대한 모든 갈망은 오늘날 점점 더 실제적이고 본질적으로 느껴집니다.

_1940년 2월 7일 편지에서

우리에게 망각이 있다는 건 얼마나 다행스러운 일인가! 우리에게 기억이라는 선물이 있다는 것 또한 얼마나 다행스러운 일인가! 우리는 모두 기억에 보존되어 있는 것을 잘 알고 잘 간직한다. 하지만 우리 중 어느 누구도 잊고 있던 것들로 인해 일어나는 엄청난 혼돈에 대해선 잘 알지 못한다. 가끔 수년 수십 년이 지난 뒤, 마치 남에게 줘 버린 보물이나 농부의 쟁기에 파헤쳐진 불발탄처럼, 잊고 있었던 것, 미처 소화되지 않아 쓸데없는 것으로 밀쳐져 있던 것들이 덩어리째 다시 밀려들 때가 있다. 그런 순간에는…… 우리의 기억을 구성하고 있던 많은 소중하고 멋진 것들이 갑자기 작은 먼지 더미처럼 보인다. 우리 시인들과 지식인들은 기억을 매우 귀히 여긴다. 기억은 우리의 자산이고, 우리는 그것으로 먹고산다. 하지만 잊어버렸고 내버렸다고 생각한 것들이 지하 세계에서 불쑥 기어 올라와 기습적으로 우리에게 닥치면, 그 발견은 반가운 것이든 그렇지 않은 것이든 항상, 우리가 신중하게 가꾸어 온 기억에는 없는 힘과 무게로 다가온다. 나는 때로 그게 방랑과 세계 정복을 향한 충동이자, 판타지를 아직 잃지 않은 사람이라면 청춘 시절에 익숙했던, 새로운 것과 아직 보지 못한 것, 여행과 이국적인 것에 대한 갈망이 아닐까 하는 생각이나 추측을 하곤 한다. 또한 그게 우리를 음울하게 짓누르는 것이라면, 그건 망각에 대한 갈망이자, 과거의 일을 밀어내려는 갈망이자, 최대한 많은 새로운 이미지로 과거의 이미지를 덮으려는 갈망일지도 모른다.

_『엥가딘의 체험』(1953) 중에서

가을 나무

초록의 옷을 두고 여전히
차가운 시월의 밤과 사투를 벌이는 나의 나무.
나무는 초록 옷을 좋아하지만 지난 몇 개월 동안
이 옷만 걸치고 있어 어느새 지쳤다.
그럼에도 내주고 싶은 마음은 없다.

한 밤이 가고, 다시 무정한 낮이 간다.
나무는 힘이 빠지고 더는
싸울 마음이 없어 사지를 내준다,
낯선 의지에, 느긋하게,
그 의지에 완전히 굴복당할 때까지.

그런 나무가 지금은 금빛 붉은 미소를 지으며
푸르른 행복 속에 깊이 잠겨 있다.
그러다 지쳐 더는 견디지 못하고 죽음에 몸을 맡기려
할 때
가을이, 부드러운 가을이

새로운 영광으로 나무를 장식한다.

_1904년

혼자

세상엔

크고 작은 길이 많다.

그러나

목표는 똑같다.

둘이서 셋이서

말을 타고 갈 수도, 차를 타고 갈 수도 있지만,

마지막 걸음은

언제나 혼자 자기 힘으로 내디뎌야 한다.

그러므로 아무리 어려운 일이라도

혼자 하는 것보다

더 나은 지혜와

능력은 없다.

_1906년 6월 6일

때때로 내 영혼에서는 그럴 만한 이유가 없는데도 어두운 파도가 인다. 그러면 구름 그림자 같은 짙은 그림자가 세상에 드리우고, 기쁨은 공허해지고 음악은 진부해진다. 우울이 내 마음을 사로잡으면서, 이대로 사느니 차라리 죽어 버리고 싶은 마음이 든다. 어떤 간격으로 오는지는 모르지만, 멜랑콜리가 일단 찾아오면 나의 하늘은 서서히 구름장으로 뒤덮인다. 그와 함께 마음속에서 불안과 공포의 예감, 밤의 악몽이 시작된다. 그전에는 내 마음에 따스하게 다가왔던 사람과 집, 색깔, 소리조차 갑자기 미심쩍어지면서 뭔가 잘못되었다는 느낌이 든다. 음악은 두통을 일으키고, 편지는 예리한 비수를 숨긴 듯 언짢아진다. 이런 순간에 사람들과 억지로 나누는 대화는 고통이고, 번번이 충돌로 이어진다. 그 때문에 이런 순간에는 총이 없는 게 좋지만, 그 때문에 총이 더욱 아쉬워지는 것도 사실이다. 이럴 때면 나의 분노와 고통, 비난은 세상 만물, 그러니까 인간과 동물에서부터 날씨, 신, 읽고 있는 책의 내용, 입고 있는 옷에 이르기까지 온갖 것들로 향한다. 그러나 사물을 향한 분노와 초조, 비난과 증오는 고스란히 내게로 다시 돌아온다. 증오를 받아야 할 사람은 나이기 때문이다. 불화와 추악함을 세상에 가져오는 사람도 나이기 때문이다.

오늘처럼 그런 순간들에서 벗어난 날에는 한동안 안식을 기대해도 좋다. 게다가 이런 날에는 세상이 얼마나 아름다운지 모른다. 남들과는 비교가 안 될 만큼 내 눈에는 세상이 무한정 아름답게 느껴지고, 색깔은 더욱 달콤하고, 공기는 더욱 복되게 흐르고, 빛은 더욱 부드럽게 떠다니는 듯하다. 물론 이런 순간에 대한 대가는 있다. 사는 게 더 견디기 힘들어지는 날들이 다시 찾아온다는 것이다. 우울증에는 좋은 약이 있다. 노래와 경건함, 와인 마시기, 음악 연주, 시 짓기, 트래킹이다. 수행자가 기도서로 살아가듯 나는 이런 약들로 살아간다. 가끔은 균형 저울이 한쪽으로 많이 기울면서, 좋은 날이 너무 드물고 즐거움도 너무 적은 반면에 나쁜 날은 그만큼 더 많아진 느낌이 든다. 하지만 가끔은 반대로, 내가 진전을 이루어 내서 좋은 날이 많아지고 나쁜 날이 줄었다는 느낌이 들기도 한다. 하지만 최악의 순간에도 나는 정말 원하지 않는 것이 하나 있다. 좋고 나쁨의 중간 상태, 즉 어중간하게 견딜 만한 중간 상태다. 그보다는 차라리 진폭이 심한 부침이나 심한 고통이 낫다. 그러면 그 뒤에 찾아올 행복의 순간은 더더욱 환하게 빛날 테니까!

_『방랑』(1918/19) 중에서

행복한 시간

발갛게 타오르는 정원의 딸기,
달콤한 향기가 곳곳에 그득하다,
나는 아직 기다려야 한다,
초록빛 정원으로
어머니가 곧 걸어올 테니.
나는 소년으로 돌아간 듯하다.
모든 것이 꿈이었다.
내가 낭비하고 놓치고
날려 보내고 잃어버린 모든 것이.
평화로운 정원에는 여전히
내 앞의 풍요로운 세상이 담겨 있고,
모든 것이 나를 위해 주어져 있고,
모든 것이 내 것이다.
나는 우두커니 서서
한 발짝도 떼지 않는다,
향기가 날아가지 않도록,
나의 행복한 시간이 날아가지 않도록.　__1912년 6월

정령의 힘이 깃든 한 운명의 엄청나고 일방적인 열정으로 부단히 삶을 향해 맹목적이고 뜨겁게 돌진할 수 없는 사람이라면, 더 늦기 전에 삶의 최고 기술인 기억의 기술을 연마하는 것이 나아 보인다. 향유享有의 힘과 기억의 힘은 상호 의존적이다. 향유란 어떤 과일에서 달콤한 맛을 남김없이 짜내는 것을 의미한다면, 기억이란 언젠가 향유했던 것을 단순히 붙잡는 데 그치지 않고 더욱 정제된 상태로 만들어 나가는 기술을 의미한다. 우리는 모두 무의식적으로 그런 기술을 사용한다. 예를 들어 자신의 어린 시절을 떠올려 보라. 이때 우리는 혼란스럽게 뒤섞인 자잘한 사건들의 더미를 보는 것이 아니라, 판타지화된 기억이 그 혼돈 위에 맑고 푸른 하늘을 펼쳐 놓고, 수많은 아름다운 일에다 말로는 표현할 수 없는 기쁨을 뒤섞는 것을 본다.

이런 식으로 과거를 돌아보면 먼 옛날만 다시 향유하는 데 그치지 않고 과거의 모든 즐거움을 행복의 상징으로, 그리움의 목표와 낙원으로 끌어올림으로써 다시 새롭게 즐기는 법을 배우게 된다. 짧은 시간 안에 얼마나 많은 생기와 따뜻함, 광채를 짜낼 수 있는지 맛본 사람은 일상의 새로운 날이 주는 선물도 최대한 있는 그대로 받아들이려 애쓴다. 또한 고통을 대하는 마음도 좀 더 의연해지고, 크나큰 고통도 순수하고 진지하게 음미할 준비를 한다. 암울한 날에 대한 기억조차 아름답고 성스러운 자산임을 알기 때문이다.

__「저녁이 되면」(1904) 중에서

나는 우리 시대를 믿지 않을수록, 그리고 인류의 타락과 황폐화가 점점 심각해지고 있다고 믿을수록, 이 몰락에 대응하기 위해 혁명이 필요하다는 생각에서는 점점 멀어지면서 오히려 사랑의 마법을 더욱더 믿게 됩니다. 모두가 험담하는 일에 입을 다무는 것도 상당한 재주입니다. 세상에는 각자 걸어갈 수 있는 길이 아주 많습니다. 누구는 인간과 제도에 적의 없이 미소를 짓고, 누구는 세상의 부족한 사랑을 개인적이고 사소한 영역에서의 사랑으로 메꾸고, 누구는 자신의 일에 충실하고, 누구는 더 큰 인내심을 발휘하고, 혹은 누구는 비난과 조롱에 대해 값싼 복수를 포기할 수도 있습니다. (······) 세상은 결코 낙원이 아니었습니다. 옛날에는 좋았다가 지금 지옥이 된 것도 아닙니다. 세상은 언제나 불완전하고 불결했으며, 견딜 만하고 가치 있는 것이 되기 위해서는 늘 사랑과 믿음이 필요했습니다.

_1933년 1월의 한 편지에서

잠자리에 들며

녹초가 되어 버린 오늘 하루,
내 간절한 바람은 하나라.
별 총총한 밤하늘이 어린아이처럼
나를 다정히 안아 주었으면.

하던 일은 모두 멈추고,
하던 생각은 모두 잊어버려라,
이제 내 안의 모든 감각이
잠 속에 빠져들려 하나니.

영혼은 이제 남들의 눈에서 벗어나
자유롭게 날개를 펼치려 하나니,
마법 같은 밤의 나라에서
천 번이나 깊게 살기 위해.

_1911년 7월

어떤 아름다움도 그대로 즐기지 못하고, 해체하고 파고들고 단위별로 쪼개고 복원 가능성을 예술적으로 숙고하는 것은 나의 저주이자 행복이다.

내가 그토록 일관되게 벗어던진 예전의 뿌리 깊은 본성은 가끔씩만 순간적으로 다시 찾아온다. 예전의 무작정적인 헌신과 이유 없는 탐닉 말이다. 이런 순간은 점점 더 드물어져야 한다. 나는 짧고 애매한 기쁨을 위해 이상을 팔아서는 안 된다. 왜냐하면 천진한 어둠의 시절로 완전히 돌아가는 것은 내게 더는 허용되지 않기 때문이다. 내게 삶의 기쁨과 의미는 어디에선가 점점 발전하고 있다. 미의 본질과 법칙을 점점 또렷하게 의식하고 꿰뚫어 봄으로써 말이다.

_「1900년의 일기」 중에서

生각하고 꿈꾸고 상상하고 명상하는 대신 오직 룰렛 같은 게임을 통해 기계적으로만 정신에 활력을 주는 것은 자기 몸을 위해 온천욕과 마사지는 하면서도 운동과 훈련 같은 자기만의 노력은 포기하는 것과 비슷하다. 그리고 아름답고 흥미로운 것을 발견하고 골라내고 포착하는 우리 눈의 고유한 예술적 능력을 물질적인 눈요깃거리로 대체해 버리는 영사기의 자극 메커니즘도 동일한 속임수에 뿌리를 두고 있다. 그렇다, 우리 몸엔 마사지와 더불어 운동도 필요하듯이 우리 정신에도 룰렛이나 다른 비슷한 자극적인 수단 대신, 혹은 그와 함께 자기만의 노력도 꼭 필요하다. 따라서 도박보다 백배 나은 것은 적극적인 정신 훈련이다. 그러니까 사고와 기억을 빈틈없이 예리하게 벼리고, 한번본 것은 눈을 감고도 재현해 내고, 저녁이면 하루 일과를 재구성해 보고, 자유연상을 펼치고, 마음껏 상상을 펼쳐 보는 연습을 하는 일이다.

__『요양객』(1923) 중에서

고통 속에서도 무언가를 창조해 내는 것은 언제나 행복한 일입니다. 나에게 있어서는 정말 유일하게 타고난 행복 같습니다. 내 삶을 아름답고 다채롭고 풍요롭게 만든 것은 내 일, 즉 창작의 기쁨입니다.

__1920년 5월의 한 편지에서

잃어버린 소리

어린 시절 언제였던가,
나는 초원을 따라 걸었지,
그때 아침 바람을 타고
노랫소리가 조용히 들려왔지.
푸른 공기의 소리였을까,
아님 꽃향기였을까!
달콤한 향기를 풍기는 그 소리는
영원히 울려 퍼졌지,
나의 어린 시절 내내.

그 후 나는 그 소리를 까맣게 잊었지.
그러다 지금에야, 요 며칠 사이에야
내 마음 깊은 곳에서 살며시
그 소리가 다시 울렸지.
이젠 세상이야 아무래도 좋고,
행복한 사람들과도 나를 바꾸고 싶지 않아.
그저 귀를 기울이고 싶을 뿐,

가만히 서서 듣고 싶을 뿐,

향긋하게 흘러가는 소리를,

마치 어릴 적 그 소리인 양.

__1917년 1월

전쟁 4년째

이 저녁이 아무리 춥고 슬퍼도,
아무리 비가 쏟아져도
나는 이 시각 내 노래를 부르네,
들어 줄 이 있는지는 몰라도.

이 세상이 아무리 전쟁과 공포로 질식해도
어느 곳에서는
은밀하게 사랑이 계속 불타오르네,
아무도 보는 이 없어도.

_1917년 4월

도시

"앞으로!" 어제 새로 놓은 선로에 사람과 석탄, 연장, 음식을 가득 실은 두 번째 열차가 도착하자 엔지니어가 소리쳤다. 아메리카 대초원은 노란 햇빛에 부드럽게 빛났고, 아득한 수평선에는 숲을 품은 높은 산맥이 우뚝 서 있었다. 들개와 놀란 들소는 황무지에서 사람들이 소란스럽게 일하는 모습과 초록의 땅에 석탄과 재, 종이와 양철 더미가 반점처럼 쌓여 가는 것을 지켜보았다. 첫 대패질 소리가 겁에 질린 대지를 날카롭게 가로질렀고, 첫 총소리가 천둥 치듯 울리더니 산맥 쪽으로 서서히 굴러갔으며, 첫 모루에서는 빠르고 단조로운 망치질 소리가 허공으로 날아올랐다. 그러다 어느 날 양철집이 지어졌고, 다음날엔 나무집이 세워졌다. 매일 새로운 집이 우후죽순처럼 생겨났다. 석조집도 금방 지어졌다. 들개와 들소는 이미 멀찌감치 물러났고, 대지는 서서히 길들여지고 비옥해졌으며, 첫봄에 벌써 들판에서는 푸른 작물이 바람에 넘실거렸다. 그 밖에 농장과 축사, 헛간이 땅에서 솟아올랐고, 도로가 광야를 군데군데 가로질렀다.

　기차역이 완공되었고, 정부 청사와 은행이 생겨났다. 심지어 몇 개월도 지나지 않아 인근에 자매 도시들까지 건설되었다. 세계 각지에서 노동자와 농부, 도시인이 밀려들었고, 상인과 변호사, 성직자, 교사도 왔으며, 학교가 설립되었고, 종교 단체 세 곳과 신문사 두 곳이 문을 열었다. 서쪽에서 유정油井이 발견되면서 신생 도시는 빠른 속도로 번영했다. 1년 후 소매치기와 포주, 강도, 파리의 재단사들이 도시에 들어왔고, 백화점과 알코올 금지 연합, 바이에른 맥주홀이 들어섰다. 아울러 주변 도시들과의 경쟁이 가속화되었다. 선거 연설에서 파업에 이르기까지, 영화관에서 심령술사 협회에 이르기까지 이 도시에는 없는 것이 없었다. 주민들은 이제 프랑스산 와인과 노르웨이산 청어, 이탈리아산 소시지, 영국산 옷감, 러시아산 캐비아를 즐겼고, 이류 가수와 댄서, 음악가들이 순회공연을 왔다.

　그러다 서서히 문화가 생겨났다. 처음엔 터 닦기에만

주력하던 도시가 차츰 고향이 되어 갔다. 도시만의 독특한 인사법이 생겨났고, 만날 때 고개를 끄덕거리는 방식도 다른 도시와는 약간 달랐다. 초창기 도시 건립에 참여했던 사람들은 존경과 사랑을 받았고, 그들에게서 작은 귀족 그룹이 형성되었다. 그새 자라난 젊은 세대에게는 이 도시가 영원에 가까울 만큼 오래된 고향처럼 여겨졌다. 여기서 망치질이 처음 시작되었고, 살인이 처음 일어났고, 처음 예배를 드렸고, 처음 신문이 발간되었던 시절은 이미 아득한 과거가 되고, 역사가 되었다.

이 도시는 주변 도시들을 굽어보는 지배자로 등극했고, 큰 주의 수도가 되었다. 넓고 활기찬 도로변에 엄숙하고 존경스러운 관공서와 은행, 극장, 교회가 들어섰다. 한때 잿더미와 웅덩이 옆에 판잣집과 양철집이 처음 생겨났던 곳이었다. 대학생들은 대학과 도서관으로 느릿느릿 걸어갔고, 구급차는 조용히 병원으로 달려갔으며, 시의원의 차는 주목과 환영을 받았고, 돌과 철로 만든 스무 개의 큰 학교에서는 매년 노래와 강연으로 이 영광스러운 도시의 창건 기념일을 축하했다. 예전의 초원은 이제 들판과 공장, 마을로 뒤덮였고, 스무 개 철도 노선이 대지에 깔렸으며, 산맥은 한층 더 가까워졌다. 이제는 산악 철도까지 놓여 협곡 심장부까지 접근이 가능해졌다. 부자들은 이런 협곡이나 먼 바닷가에 여름 별장을 지었다.

그런데 창건 백 년 후, 도시는 지진으로 아주 작은 시설까지 모조리 망가졌다. 그러나 굴하지 않고 다시 일어났다. 이제 목조 건물은 석조 건물로 바뀌었고, 작았던 것은 더 커졌으며, 비좁았던 것은 더 넓어졌다. 기차역은 이 나라에서 가장 컸고, 증권거래소는 전 대륙에서 가장 컸다. 건축가와 예술가들은 좀 더 젊어진 도시를 공공건물과 녹지, 분수, 기념비로 장식했다. 이 새로운 세기 동안 도시는 이 나라에서 가장 아름답고 부유한 곳이자, 모두가 가고 싶어 하는 최고의 명소로 떠올랐다. 외국 도시의 정치인과 건축가, 기술자, 시장들이 이 유명한 도시의 건축물과 상수도, 행정 및 기타 시설을 시찰하려고 뻔질나게 드나들었다. 그 무렵 새로운 시청 건설이 시작되었다. 세계에서 가장 크고 웅장한 건물이었다. 도시에 부가 쌓이기 시작하면서 자부심도 커져 갔다. 게다가 이러한 부와 자부심이 빠르게 성장한 도시의 일반적인 미적 취향, 특히 건축과 조각에서의 취향과 행복하게 일치하면서 도시는 대담하면서도 편안한 기적이 되어 갔다. 예외 없이 고귀한 연회색 석조 건물로 이루어진 도심은 멋진 공원의 넓은 녹지대로 둘러싸였고, 이 녹색 고리 너머에는 도로와 집들이 교외와 시골로 서서히 스며들었다. 수많은 전시 공간과 안뜰, 홀을 갖춘 거대한 박물관을 찾은 사람들은 도시의 생성에서부터 최근의 발전 상황까지 일련의 과정을 보면서 감탄을 금치 못했다. 이 복합 단지의 첫번째 거대한 앞마당은 과거의 대초원을 상징했는데, 거기엔 잘 키운 동식물과 초기의 비참한 주거지, 골목, 그리고 여러 시설의 정밀한 모형이 설치되어 있었다.

젊은이들은 이곳을 유쾌하게 거닐며 도시의 역사 과정을 살펴보았다. 천막과 나무 헛간, 초기의 거친 철로에서부터 대도시의 화려한 거리에 이르기까지. 그들은 인솔 교사의 설명을 들으며 역사 발전과 진보의 놀라운 법칙을 이해했다. 거친 것에서 섬세한 것으로, 동물에서 인간으로, 야만에서 교양으로, 곤궁에서 풍요로, 자연에서 문화로 발전해 나가는 역사 과정을.

다음 세기에 이 도시는 넘치는 풍요로움 속에서 급격하게 치달은 영광의 정점에 이르렀다가 하층 계급의 유혈 혁명으로 그 발전에 종지부를 찍었다. 폭도들은 도시에서 몇 마일 떨어진 대규모 석유 공장에 불을 지른 것을 시작으로 온 도시를 난도질했다. 그로써 상당 지역의 공장과 농장, 마을이 불타거나 폐허가 되었다. 물론 도시 자체는 온갖 종류의 살육과 파괴를 겪었음에도 꿋꿋이 살아남아 몇십 년에 걸쳐 서서히 회복되었다. 그러나 과거의 활기찬 삶과 화려한 건축물은 영영 되찾을 수 없었다. 이 도시가 불행을 겪는 동안 바다 건너 저 멀리에서 한 나라가 갑자기 융성했고, 비옥한 땅과 무궁무진한 자원을 토대로 곡물과 철, 은, 기타 보물을 내다 팔았다. 새로운 나라는 옛 세계의 부서진 힘과 노력, 욕망을 폭력적으로 장악했고, 그곳의 도시들은 하룻밤 사이에 활짝 꽃을 피웠다. 그와 함께 숲은 사라졌고, 폭포는 인간의 손에 길들여졌다.

아름다웠던 도시는 서서히 가난해지기 시작했고, 더는 세계의 심장이나 두뇌도, 더는 많은 나라의 시장이나 돈줄도 아니었다. 그저 목숨을 지탱하고, 새 시대의 소음에 완전히 스러지지 않는 것에 만족해야 할 처지였다. 머나먼 신세계에 흡수되고 남은 힘으로는 어떤 것도 건설하거나 정복할 수 없었고, 무역을 하거나 돈을 벌 수도 없었다. 대신, 이제 늙어 버린 문화적 토양에서 정신적인 삶이 움텄고, 조용해진 도시에서 학자와 예술가, 화가와 시인이 나왔다. 그로써 이 땅에 최초로 집을 지었던 사람들의 후손들은 조용히 미소 지으며,

뒤늦게 꽃핀 정신의 기쁨을 누렸고, 세월에 풍화된 조각상과 푸른 물이 흐르던 이끼 낀 정원의 우수에 찬 광채를 그려 냈으며, 영광스러운 옛 시대의 머나먼 소란이나 옛 궁전에서 지친 사람들의 고요한 꿈을 섬세한 시구로 노래 불렀다.

이 도시의 이름과 명성은 다시 한번 전 세계에 울려 퍼졌다. 바깥세상에서는 전쟁이 아무리 여러 민족을 충격으로 몰아넣고, 사람들이 아무리 위대한 일에 몰두한다고 해도 여기서는 고요한 은둔자의 평화가 흘렀고, 지나간 시대의 영광에 대한 잔잔한 반추가 이루어졌다. 꽃이 만발한 나뭇가지가 드리운 고즈넉한 거리, 소음 없는 광장 변의 웅장한 건물들에 대한 옛꿈, 물이 음악처럼 졸졸 쏟아지는 이끼 낀 분수의 접시들…….

꿈을 꾸는 이 옛 도시는 수 세기 동안 젊은 세대에게 존경받고 사랑받는 장소였고, 많은 시인들이 노래하고 연인들이 찾는 명소였다. 그러나 인류의 삶은 시간이 갈수록 더욱더 강력하게 세계의 반대쪽 대륙으로 몰려

갔다. 이 도시 안에서도 유서 깊은 가문의 후손들은 씨가 마르거나 몰락하기 시작했다. 마지막 정신적 개화도 종지부를 찍은 지 오래였고, 남은 것은 부패한 내부 조직뿐이었다. 규모가 작은 이웃 도시들도 이미 오래전에 완전히 사라져 황량한 폐허가 되었고, 이제는 외국 화가나 관광객이나 가끔 찾고, 집시와 도주한 범죄자들이나 거주하는 지역으로 바뀌고 말았다.

그러다 지진이 일어났다. 도시 자체는 살아남았지만, 물길이 바뀌면서 메마른 땅의 일부는 늪이 되고, 다른 땅의 일부는 건조해졌다. 산속에 있던 옛 돌다리와 별장은 산산조각 났고, 산에서부터 숲이, 오래된 숲이 천천히 내려왔다. 숲은 눈앞에 펼쳐진 황량하고 넓은 땅을 보며 서서히 자신의 녹색 영토를 넓혀 나갔고, 늪을 만나면 부드러운 풀숲을 내려놓고, 자갈 비탈을 만나면 젊고 강인한 소나무를 뿌리내리게 하고는 계속 날아갔다.

마침내 도시에는 더 이상 시민이 살지 않았다. 대신 옛 시대의 허물어져 가는 저택을 거처로 삼고 옛 정원과 거리에서 깡마른 염소를 키우는 사나운 야생 부족과 부랑아들만 남았다. 물론 이 마지막 주민들도 질병과 바보 같은 짓으로 서서히 죽어 갔고, 곳곳에 생긴 늪으로 열병이 만연하면서 도시의 전체 풍경은 황량하게 변했다.

한때 그 시대의 자랑이었던 옛 시청사의 잔해는 여전히 위엄 있게 우뚝 서 있었고, 세상의 온갖 언어로 찬양되었으며, 마찬가지로 오래전에 황폐해지고 문화까지 타락한 이웃 민족들의 무수한 전설에서 마르지 않는 샘물역할을 했다. 이 도시의 이름과 옛 영화는 아이들의 도깨비 이야기나 슬픈 분위기의 양치기 노래에 여러 형태로 변형된 채 등장했고, 지금 한창 번창하는 먼 나라의 학자들은 폐허가 된 이 도시로 위험한 탐사 여행에 나섰으며, 먼 나라의 학생들은 도시의 비밀에 대해 침을 튀기며 이야기를 나누었다. 예를 들면 그곳엔 순금으로 만든 성문이 있다느니, 보석으로 가득한 무덤이 있다느니, 아니면 전설적인 시대 이후 행방불명된 천년 마법의 유산을 그 지역의 야만 유목 민족들이 이어받아 보존하고 있다는 식의 이야기였다.

숲은 산에서 평야 지대로 남하했고, 호수와 강은 생겼다가 사라지기를 반복했다. 계속 전진하며 세력을 넓혀 가던 숲이 어느새 온 대지를 뒤덮었다. 이제 이 황량한 도시에 남은 것이라고는 도로변의 옛 담과 궁전, 사원, 박물관의 잔해뿐이었고, 생명이 붙은 것이라고는 여우와 담비, 늑대, 곰뿐이었다.

돌 하나 보이지 않는 어느 무너진 궁전 터에 어린 소나무가 한 그루 서 있었다. 1년 전만 해도 성장하는 숲의 최선봉이자 선구자였던 이 나무도 벌써 쑥쑥 자라고 있었다.

"앞으로!" 나무줄기를 쪼고 있던 딱따구리가 이렇게 소리치며, 성장하는 숲과 점점 푸르러지는 대지의 아름다운 녹색 진보를 흐뭇하게 바라보았다.

_1910년

늦가을을 걷다

가을비가 잿빛 숲을 헤집고,
아침 바람에 골짜기가 차갑게 몸을 떨고,
밤나무에서 열매가 후드득 떨어지더니
갈색 몸을 벌려 빗속에서 웃는다.

가을이 내 인생을 헤집고,
바람이 갈가리 찢긴 나뭇잎을 몰아대고
매섭게 가지를 흔든다. 아, 나의 열매는 어디 있을까?

나는 사랑을 꽃피웠고, 열매는 슬픔이었다.
나는 믿음을 꽃피웠고, 열매는 미움이었다.
바람이 나의 앙상한 가지를 사납게 잡아채고,
나는 바람을 비웃으며 여전히 폭풍우를 견딘다.

나에게 열매란 무엇이고 목표란 무엇일까?
나는 꽃을 피웠고, 꽃을 피우는 것이 나의 목표였다.
이제 나는 시들고, 시드는 것이 나의 목표였다.

다른 것은 없다. 가슴에 품은 목표는 잠깐이다.

신은 내 안에 살고, 내 안에서 죽고,

내 가슴속에서 괴로워한다. 그것으로 내 목표는 충분

하다.

바른길이든 그릇된 길이든, 꽃이든 열매든,

모두가 하나이고, 모두가 이름에 지나지 않는다.

아침 바람에 골짜기가 차갑게 몸을 떨고,

밤나무에서 열매가 후드득 떨어지더니

단단하고 밝게 웃고, 나도 따라 웃는다.

_1919년 11월 6일

안개 속에서

안개 속을 거니는 건 참 이상해!
덤불 하나 돌 하나 모두 외롭고,
어떤 나무도 다른 나무를 알아보지 못해.
모두가 혼자야.

내 삶이 아직 환했을 때
세상은 내게 친구로 가득했지.
그런데 이제 안개가 내리자
누구 하나 보이지 않아.

누가 현명할 수 있을까?
어쩔 수 없이, 소리 없이
자신과 모든 것을 구분하는
이 어둠을 모른다면.

안개 속을 거니는 건 참 이상해!
인생은 외로움이야.

누구도 다른 사람을 알아보지 못해.

모두가 혼자야.

__1905년 11월

편지를 받고, 당신이 이런 편지를 보낼 수밖에 없는 곤란한 처지를 충분히 느꼈음에도 사실 나는 당신이 자기 자신과 사생활에 바치는 상당한 노력과 시간, 열정이 조금 부러웠습니다. 그건 나에게도 꼭 필요한 일이지만, 세상은 그것을 원하지 않습니다. 나보다 힘이 센 세상은 남의 일이나 걱정거리에 나 자신을 소비하도록 매일 강요합니다. 예를 들어 기근에서부터 예술가의 불운이나 실연에 이르기까지 말이지요. 그런데 그게 당신에게는 아주 좋은 치료법이 될지도 모릅니다. 왜냐하면 당신은 현재 자신의 갈등을 실질적으로 통제하지 못하고, 그저 안타까울 뿐인 일을 비극적인 일로 간주하는 경향을 보이기 때문입니다. 그건 비극적인 일이 아닙니다. 자신이 사랑하는 상대로부터 응답을 받지 못하고 그 사람을 혼자 소유하지 못하는 것은 인간의 운명 중에서 가장 흔한 일입니다. 그럴 때는 자신이 사랑하는 대상에게 쏟은 과도한 열정과 헌신을 다른 목표로 돌리는 것이 좋습니다. 예를 들어 자신의 일이나 사회 참여, 예술 같은 것에 힘을 쏟는 것이지요. 그게 당신의 사랑에 결실을 맺고 의미를 부여하는 길입니다. 지금 당신의 마음을 타오르게 하는 그 불꽃은 당신의 것만이 아니라 세상과 인류의 자산입니다. 만일 당신이 그 열매를 맺게 한다면 그것은 고통에서 기쁨으로 바뀔 것입니다. 당신을 괴롭히는 사랑에서 벗어나십시오. 내가 해드릴 말은 이것뿐입니다.

__1947년 7월의 한 편지에서

아름다운 것들

세상엔 아름다운 것이 많다.

아무리 봐도 질리지 않게 생기가 돌고,

늘 너에게 충직하고,

늘 새롭게 보이는 것들이다.

알프스 산마루에서 바라보는 풍경,

푸른 바다 옆의 한적한 오솔길,

바위 사이로 흐르는 시냇물,

어둠 속에서 노래하는 새,

꿈속에서 웃음 짓는 아이,

겨울밤의 별빛,

고산 목초지와 만년설로 둘러싸인

맑은 호수의 저녁노을,

거리 울타리 너머에서 들려오는 노래,

나그네와 나누는 인사,

어린 시절의 생각,

늘 깨어 있는 아릿한 슬픔,

몇 날 밤을 부드러운 아픔으로

좁아진 너의 마음을 넓혀 주고,

별들 위로 아름답고 창백하게

머나먼 고향의 그리움을 일깨우는 슬픔까지.

_1901년경

이 넓은 세상에서 나보다 구름에 대해 잘 알고, 나보다 구름을 사랑하는 사람이 있다면 나와 보라! 혹은 이 세상에서 구름보다 아름다운 것이 있다면 말해 보라! 구름은 유희이자 눈의 위안이고, 축복이자 신의 선물이고, 분노이자 죽음의 권세다. 구름은 갓 태어난 아기의 영혼처럼 부드럽고 연약하고 평화롭다. 또한 천사처럼 아름답고 풍요롭고 은혜로우며, 죽음의 사자처럼 어둡고 불가피하고 무자비하다. 구름은 엷은 층을 지어 은빛으로 떠다니는가 하면, 금빛 테두리를 두른 채 하얗게 미소 지으며 항해하기도 하고, 노란색 빨간색 파란색으로 하늘에 가만히 떠 있기도 한다. 그러면서도 어떤 때는 살인자처럼 음침하게 살금살금 걷다가 어떤 때는 쏜살같이 달리는 기수처럼 머리를 내민 채 질주하고, 어떤 때는 우수에 젖은 은둔자처럼 아득히 높은 곳에 슬프게 꿈을 꾸듯 걸려 있다. 구름은 행복한 섬의 모습을, 축복을 내리는 천사의 모습을 띠기도 하고, 가끔은 위협하는 손짓이나 펄럭이는 돛, 날아가는 두루미와 비슷하다. 구름은 신의 하늘과 가련한 대지 사이에 모든 인간 갈망의 아름다운 비유로 떠 있다. 양쪽 모두에 속하면서 말이다. 그렇기에 순수한 하늘에다 오염된 영혼을 씻으려는 대지의 꿈처럼 보이기도 한다. 구름은 모든 방랑과 탐색, 갈망과 향수의 영원한 상징이다. 인간 영혼은 구름이 하늘과 땅 사이에 소심한 그리움으로 반항적으로 매달려 있듯이, 시간과 영원 사이에 소심한 그리움으로 반항적으로 매달려 있다.

오, 쉼 없이 떠도는 아름다운 구름이여! 나는 아무것도 모르던 어린 시절부터 구름을 사랑했고, 넋을 놓고 올려다보았다. 그러나 그때까지만 해도 나 역시 훗날 구름처럼 삶을 떠돌고, 여기저기 낯선 곳을 방랑하고, 시간과 영원 사이에 떠 있을 줄은 몰랐다. 어릴 때부터 구름은 나의 사랑스러운 연인이자 누이였다. 골목길을 걸을 때마다 우리는 서로 고개를 끄덕이며 인사했고, 잠시 눈을 마주쳤다. 나는 당시 구름에게서 배운 것을 잊지 못한다. 구름의 형태, 색깔, 특징, 유희, 윤무, 춤

과 휴식, 그리고 세속적이면서도 기묘한 천상의 이야
기를.

_『페터 카멘친트』(1903) 중에서

오, 그대 은빛처럼 창백한 밤이여

오, 그대 은빛처럼 창백한 밤이여,

오, 그대 쓸쓸한 몽상가여,

그대 낯선 나라로

내 영혼을 데려가 주오!

낮의 곤궁에 만신창이가 된 채,

나는 격렬한 도주를 멈추고

고요한 고향 같은 너의 항구에

소심한 나의 배를 친근하게 댄다.

___1901년

여러 민족과 시인들이 꿈꾸어 온 지극히 순수한 행복에 관한 모든 관념들 가운데 내 마음에 가장 와닿는 최고의 것은 우주의 조화를 엿듣는 행복인 듯했다. 나의 가장 깊고 찬란한 꿈은 그 조화를 스쳐 지나가면서, 찰나의 순간에 우주의 창조와 생명의 비밀이 태초의 화성和聲으로 조화롭게 울려 퍼지는 소리를 듣는 것이었다. 아, 인생은 어찌 이리도 음이 맞지 않고 혼란스럽고 기만적일까! 인간 세계는 어찌 이리도 거짓과 악의, 시기, 증오가 넘쳐날까! 맑게 조율된 음들을 그저 순수하고 조화롭고 형제애적으로 연주하기만 하면 천국이 열린다는 사실은 짧은 노래와 웬만한 음악만 들어도 알 수 있는데!

_『게르트루트』(1908/09) 중에서

당신은 스스로 생각하는 것만큼 그렇게 혼자가 아닙니다. '다른 이들'도 당신이 생각하는 것만큼 그렇게 행복하거나 둔감하지 않습니다. 한 사람에게라도 다가가려고 노력해야 합니다. 당신과 똑같이 괴로워하고, 혼자라고 느끼고, 다른 모든 이와 연결 고리를 잃고 동떨어져 있다고 여기는 사람이 많습니다. 왜냐하면 자기 안에 고치를 짓고 들어가 자신하고만 사랑에 빠질 뿐 누구에게도 다가가지 않기 때문이지요. 지금 당신에게 필요한 것은 사랑과 헌신, 대화, 개방성, 소통, 신뢰입니다. 이것을 찾지 않는 한, 세상은 앞으로도 계속 어두울 것이고, 삶은 무의미할 것입니다.

__1955년 2월의 한 편지에서

불만이 많은 사람에게

나는 네가 세상을 향해 욕하는 것을 이해한다.

그럼에도 세상은 어제와 똑같이 요지부동이고,

너의 증오는 세상을 머리카락 하나 바꾸지 못한다.

인간은 원래 부패한 족속이다.

그렇다면 너는, 너는 과연 선한가?

나라면 사랑으로 세상에 다가가 볼 것이다.

_1902년

순응과 자기주장, 헌신과 보존, 지배와 복종 사이에
는 수백만 가지의 길이 있습니다. 당신처럼 우리 인간
은 완벽함에 도달할 수 없다는 생각으로 괴로워할 수
있지만, 한 단계 더 높은 차원에서 보면 우리 자신과
세상에 대해 결코 이대로 만족해서는 안 됩니다. 또한
우리는 인간의 운명과 우리 자신의 부족함을 이미지나
비유에 지나지 않는 것으로 받아들여야 하고, 괴로워하
면서도 극복해야 하지만 근본적으로는 바꿀 수 없고
어쩌면 결코 바뀌지 않는 무언가로 인정해야 합니다.
"예"라고 말하는 것은 충분한 만족 상태가 아닙니다.
그건 여전히 투쟁이자 저항이고, 또한 고통입니다. 당
신의 삶은 나보다 풍요롭습니다. 나는 근사한 곳에서
온천욕을 즐길 수도, 화려한 댄스홀에서 밤을 보낼 수
도, 더 이상 책을 많이 읽을 수도 없습니다. 하지만 오
랜 세월의 궁핍 끝에 2년 전부터 다시 땅을 조금 갖게
되었고, 거기에다 온갖 식물과 작물을 키우고, 물을 나
르고, 꽃이 피고 지는 것을 보고, 그러다 몇 시간 뒤에

는 나 자신을 돌아보고, 또한 알고 보면 하찮기 그지없음에도 저 잘났다고 나대는 작금의 세계가 꽃피었다지는 것에 연민을 느끼고, 나 자신의 삶과 괴로움, 고통을 커다란 그림책의 작은 그림처럼 바라봅니다. 당신과 나는 걸어가는 길이 다르지만, 목표는 같습니다. 그목표에서 보면 남자와 여자, 늙은이와 젊은이의 차이는크지 않고, 오히려 공통점이 훨씬 더 많습니다. 거기서보면 적이나 반대자, 나와 다르게 느끼는 사람과도 하나가 될 수 있습니다. 그러니까 우리는 그들도 사랑할수 있다는 말이지요.

___1933년 9월 19일 편지에서

사랑의 노래

내 고향은 어디 있을까?

내 고향은 작고,

이곳저곳으로 움직이고,

내 마음을 채 가고,

내게 고통을 주고, 안식을 준다.

나의 고향은 너다.

__1921/22년

나의 첫사랑

거기, 내가 아이의 나라에서 나와
예감 가득한 봄의 오솔길을 걸으며
처음으로 뜨거운 삶으로 발을 들였고,
처음으로 욕정의 고통을 느꼈던
거기, 환한 드레스를 입은 소녀가, 바로 당신이
가냘픈 손에 들장미를 들고
내게 손을 흔들며 알 수 없는 인사를 했지.

어쩌면 당신은 벌써 늙고, 벌써 죽었을지도
모르지만, 나는 그날을 생생하게 기억해,
마차 문 앞에서 처음으로
부끄러워하며 당신에게 나의 불쌍한 장미를 바쳤던
날을.
이제 나는 늦은 꽃다발을 당신에게 가져가네,
못지않게 부끄러워하고 쭈뼛거리며 발갛게 달아오른 채,
그 옛날 내가 당신에게 장미를 바쳤을 때처럼.

_1903년

347

"나는 인생에서 청춘과 노년의 경계를 뚜렷이 그을 수 있다고 생각해. 청춘은 이기심이 사라지면서 끝나고, 노년은 남을 위해 살면서 시작되거든. 무슨 말이냐 하면, 젊은이들은 자기 자신만을 위해 살기 때문에 인생에서 숱한 즐거움과 괴로움을 겪게 된다는 말이지. 젊을 때는 소망 하나하나와 생각 하나하나가 소중하고, 모든 쾌락을 마음껏 즐겨. 고통까지 말이야. 개중에는 자신의 소망이 이루어지지 않는 걸 보면서 곧장 삶을 버리는 젊은이도 있어. 그게 청춘이야. 그런데 살다 보면 대부분의 사람에게는 다른 시기가 찾아와. 자기가 아니라 남을 위해 사는 것에 더 큰 비중을 두는 시기지. 갑자기 사람이 도덕적으로 바뀌어서가 아니라 그냥 자연스럽게 그렇게 돼. 대개 가정을 이루면서 말이야. 사람들은 아이가 태어나면 자기 자신이나 자신의 욕구를 덜 생각해. 심지어 공직이나 정치, 예술, 학문에 대한 이기심을 버리기도 해. 젊은이는 놀려고만 하고, 노인은 일을 하려고 해. 누구도 아이들을 낳겠다고 결혼

하지는 않지만, 아이가 생기면 태도가 바뀌고, 마침내 이 모든 게 오직 이 아이들을 위해 일어난 일이라는 걸 깨닫게 돼. 이건 젊은이들이 죽고 싶다는 말을 입에 달고 살지만 실제로 죽음을 생각하지는 않는다는 사실과도 관련이 있어. 노인들은 정반대야. 젊은이들은 영원히 살 거라고 믿기 때문에 모든 소망과 생각을 자신에게 집중시킬 수 있어. 반면에 노인들은 언젠가 끝이 있다는 걸 알고, 자신이 지금껏 소유하고 이루었던 게 결국 어느 것 하나 자기 것이 아니라는 사실을 깨닫고 있어. 때문에 늙은이에게는 다른 영원성과 자신이 그저 자기 속의 벌레를 위해 일하는 게 아니라는 믿음 같은 게 필요해. 그것을 위해 아내와 자식, 일과 공직, 조국이 있는 거지. 누구를 위해 날마다 이렇게 악착같이 고생을 하는지 알 수 있도록 말이야.

(……)

우리는 자신만을 위해 살 때보다 남을 위해 살 때 더 만족해. 그렇다고 노인들이 이것을 무슨 대단한 미덕처

럼 내세워서는 안 돼. 그럴 만한 일이 아니니까. 게다
가 아주 열정적이었던 젊은이가 훗날 훌륭한 노인이
될 가능성이 커. 학교 다닐 때부터 애늙은이처럼 굴었
던 젊은이는 그렇게 되지 못하는 법이지."

_『게르트루트』(1908/09) 중에서

늦가을

이제 온 정원이 텅 비었다.
열매는 모두 떨어졌고,
그전에는 그렇게 화사하던
늦장미도 지쳐 보인다.

이제 곧 내게도
가을과 겨울이 올 것이다.
지금껏 너를 위해 많은 날을 꽃피웠으니,
이제 열매를 거둬들이자!

수확이 끝나면 나는 초라하게 서서 더는 알지 못한다,
무엇을 위해 내 심장이 그렇게 뜨거웠는지.
내 가슴속에
한 송이 늦장미가 피어난다.

나는 그것을 꺾어 모자에 꽂는다.
길은 결코 멀지 않다.

나는 장미의 작은 열정을

어둠 속으로 함께 가져간다.

__1913년 9월 30일

사진첩

삶은 진지하게 받아들여야 한다,

그 모든 먼지와 연기까지,

그 모든 미친 듯한 질주까지.

하지만 웃을 줄도 알아야 한다!

나락의 구렁텅이도 들여다보아야 한다.

겁쟁이만 그것을 지나간다.

하지만 웃을 줄도 알아야 한다.

웃을 수 있어야만 자유로워진다.

__1920년

몇 가지

사람은 자신에게 몇 가지를 말해야 한다.

말하고 싶지 않은 것은

은폐되고 억눌리고 숨겨지고

덮어지고 미루어진다.

네가 스스로 회피했던 것이

네가 스스로에게 반드시 말해야 하는 것들이다.

_1959년 6월 3일

많은 사람이 "자연을 사랑한다"고 말한다. 그건 곧 자연이 뿜어내는 매력을 이따금 즐기는 걸 싫어하지 않는다는 뜻이다. 그들은 밖으로 나가 대지의 아름다움을 즐기고, 풀을 짓밟고, 그러다 마지막에는 꽃과 가지를 한 다발 꺾어서는 바로 버리거나, 아니면 집으로 갖고 가 시드는 것을 지켜본다. 이게 그들이 자연을 사랑하는 방법이다. 그들은 날씨가 좋은 일요일이면 이 사랑법을 다시 떠올리며 스스로 가슴 벅차한다. 사실 그럴 필요가 없다. '인간은 만물의 영장'이기 때문이다. 아, 만물의 영장이라니! 이 얼마나 터무니없는 말인가!

_『페터 카멘친트』(1903) 중에서

내게는 인생의 의미에 대한 한 가지 믿음이 있습니다. 본능이 되어 버린 앎이나 예감이라고도 할 수 있지요. 유구한 세계사를 보면, 나는 인간이 선하고 고결하고 평화를 사랑하고 이타적인 존재라는 결론을 도저히 내릴 수 없습니다. 그럼에도 인간에게 주어진 가능성들 가운데 선과 평화, 아름다움을 추구하려는 정말 고결하고 귀한 가능성이 있고, 운 좋은 경우에는 그것이 활짝 꽃피울 수도 있다고 믿습니다. 아니, 확신합니다. 이 믿음에 확증이 필요하다면 나는 분명히 말씀드릴 수 있습니다. 세계사엔 악명 높은 정복자와 독재자, 전쟁 영웅, 폭탄 제작자들 외에 부처와 소크라테스, 예수 같은 걸출한 인물이 있었고, 인도인과 유대인, 중국인들의 성스러운 경전이 있었으며, 평화를 사랑하는 인간 정신의 경이로운 예술 작품들도 있었다고 말이지요. 대성당 입구에 전시된 수많은 인물상들 가운데 한 예언가, 몬테베르디나 바흐, 베토벤의 몇몇 음악, 로히어르, 과르디, 르누아르의 회화 몇 점만 떠올려 보더라도 세계사에서 일어난 잔혹한 권력 투쟁이나 전쟁과 반대되는 세계가 존재했고, 자기 안에서 충만하고 행복한 다른 세계가 있었음을 믿기에 충분해 보입니다. 게다가 예술 작품은 인간의 폭력 행위보다 훨씬 더 오래 지속되고 확실하게 살아남습니다. 심지어 개중에는 수천 년 넘게 살아남은 것도 있지요.

폭력을 믿지 않고 폭력의 요구를 최대한 물리치려고 하는 우리지만, 그럼에도 인류 역사에서 진보란 없었고, 세상은 여전히 야심가와 권력에 굶주린 자와 폭력적인 자들에 의해 지배되고 있음을 인정할 수밖에 없다면, 아름다운 말을 사랑하는 우리로선 그것을 비극적이라 부를 수 있을 겁니다. 우리는 지금도 권력과 폭력 기구들에 둘러싸여 살고, 그것들에 자주 이를 갈며 분개하면서도 결국엔 하염없이 절망합니다(이건 당신도 스탈린그라드에서 겪어 보았을 겁니다). 또한 우리는 영혼의 비상을 위해 평화와 아름다움, 자유를 갈망하면서도 원자폭탄 제작자들이 하루빨리 그 악마적인 도구를 발명 해주기를 소망하고, 그러면서도 그런 분노와 소망이 번성하도록 허용하지 않으며, 폭력에 폭력으로 맞서는 것이 금지되어 있다고 느낍니다. 우리의 분노와 그 나쁜 소망이 우리에게 가르쳐 주는 것은 분명합니다. 인간 세상은 선과 악으로 명쾌하게 나눌 수 없고, 악은 야심가와 폭력적인 인간들 속에만 있는 것이 아니라 평화를 사랑하고 선의를 갖고 있다고 스스로 믿는 우리 속에도 존재한다는 사실입니다. 우리의 분노가 '올바른' 것은 의심의 여지가 없습니다! 그건 정의입니다. 하지만 권력을 경멸하는 우리로 하여금 이 악행을 말끔하게 청소하기 위해 잠시나마 권력을 갈망하게 만드는 것도 바로 이 정의입니다. 우리는 이러한 충동을 부끄럽게 여기지만, 그것의 귀환을 영원히 막을 수는 없습니다. 우리는 세상의 악에 동참하고, 전쟁도 함께 합니다. 우리가 그런 동참을 경험적으로 깨닫고 부끄러워할 때마다 세상의 통치자는 악마가 아니라 사람이라는 사실이 분명해지고, 그들이 악의에서 악을 행하거나 허용하는 것이 아니라 일종의 맹목과 무지에서 그렇게 한다는 사실도 명백해집니다.

이 모순은 이지적으로는 해결할 수 없습니다. 악은 세상에 있고, 우리 안에 있고, 우리의 삶과 불가분의 관계로 엮여 있습니다. 그럼에도 자연의 밝고 아름다운 면이, 인류 역사의 밝고 아름다운 면이 분명히 우리에게 말을 걸고, 우리에게 행복과 위로를 주고, 우리를 훈계하고 감동시키고, 그리고 절망적일 때가 너무 많아 보이는 우리 존재에 희망을 불어넣습니다. 평화를 사랑하는 우리 역시 악으로부터 자유롭지 못하다는 사실을 알고 있다면, 다른 사람들에게도 깨달음과 사랑이 깨어날 가능성이 있으리라는 데 희망을 품어 봅니다.

__1955년 2월의 한 편지에서

내가 말도 안 되는 짓거리이자 공포라고 생각하는 것은 여러 민족이 무기를 들고 벌이는 전쟁만이 아닙니다. 다른 온갖 종류의 전쟁을 비롯해 온갖 폭력과 호전적인 사리사욕, 온갖 생명 경시와 인간에 대한 학대 역시 걱정스럽기는 마찬가지입니다. 나는 평화를 군사적, 정치적 의미로만 이해하지 않습니다. 모든 사람이 자기 자신 및 이웃과 화목하게 잘 지내고, 의미와 사랑이 넘치는 조화로운 삶도 평화라고 생각합니다. 물론 오늘날의 무자비하도록 가혹한 직장 생활과 생업 영역에서는 이런 고상하고 품위 있는 삶의 이상이 현실과 동떨어진 허황한 이야기처럼 들린다는 것을 나 또한 잘 알고 있습니다. 하지만 시인의 일이라는 건 본래 현실에 순응하고 현실을 예찬하는 것이 아니라, 그것을 넘어 미와 사랑과 평화의 가능성을 보여 주는 것입니다. 이러한 이상은 폭풍우 치는 바다에서 배가 결코 이상적인 항로를 유지할 수 없듯이 결코 완전히 실현될 수는 없습니다. 그럼에도 길 잃은 배가 별을 따라 항로를 잡아가듯 우리는 온갖 난관에도 불구하고 평화를 염원하고 평화를 위해 봉사해야 합니다. 각자 자신의 길과 환경에서 말이지요. 나는 우리 조상들에 비해 경건하다고 할 수 없으나, 내가 믿음으로 존경하는 성경 말씀 가운데 가장 윗자리를 차지하는 것은 바로, 모든 이성 위에 있는 '신의 평화'입니다.

__1955년 독일 출판협회 평화상 수상 기념 「감사 연설」에서

살다 보면 누구에게나 이런 시기는 간간이 찾아온다. 내 앞에 저 멀리 평탄한 길만 보이고, 장애물은 없고, 하늘에 구름 한 점 없고, 길에 물웅덩이 하나 없을 것 같은 그런 순간 말이다. 그럴 때면 마치 자신이 정상 위에 위엄 있게 서 있는 것 같고, 이 모든 게 행운이나 우연이 아니라 오직 나였기에 가능한 일이고, 나는 이런 미래를 받을 만한 충분한 자격이 있는 인간이라고 점점 확신하게 된다. 이런 생각을 즐기는 건 좋은 일이다. 동화 속의 왕자도 두엄 더미 위의 참새처럼 자신의 행운을 그렇게 생각하기 때문이다. 하지만 그건 결코 그리 오래가지 못한다.

_『대리석 톱』(1903) 중에서

멋진 집기와 많은 추억이 있는, 세상에서 가장 소중하고 아름다운 집도 감옥이 될 수 있고, 그런 집을 새로운 세계와 건너편 강기슭으로 데려다줄 나룻배 한 척과 바꾸는 것 역시 외과 수술과 같은 구원이 될 수 있습니다.

__1945년 3월 20일 편지에서

시든 잎

꽃은 모두 열매가 되려 하고,
아침은 모두 저녁이 되려 한다.
지상에 영원한 것은 없다.
변화와 도주만 있을 뿐.

아름다운 여름도 언젠가는
가을과 시듦을 느낀다.
잎이여, 끈기 있게 가만히 버텨라,
바람이 너를 데려가려고 해도.

너는 네 일을 하라, 반항하지 말고
조용히 일어나게 내버려 둬라.
너는 낚아채는 바람을 타고
집으로 돌아가리니.

__1933년 8월 24일

꽃도

꽃도 죽는다,

아무 죄도 없이.

우리의 본성도 그만큼 순수하지만

고통을 겪는다,

자기 자신이 이해되지 않을 때.

우리가 죄라고 부르는 것은

태양에 흡수되고,

순수한 꽃받침에서 향기와 아이의 감동적인 시선이

되어

우리에게 다가온다.

꽃이 죽는 것처럼

우리도 죽음을 맞는다.

구원의 죽음이자,

부활의 죽음을.

＿1916년 5월 8일

늙어 가며

젊어서 선을 행하기는 쉽고
온갖 비열함에서 벗어나는 것도 쉽다.
하지만 심장 박동이 서서히 느려질 때쯤이면
미소 짓는 법을 배워야 한다.

성공한 사람은 늙지 않고,
불꽃 속에 환히 서 있으며,
주먹을 휘둘러
세계의 양극을 구부린다.

저기 죽음이 기다리고 있기에
우리는 멈추지 않는다.
우리는 죽음으로 다가가고,
죽음을 몰아내려 한다.

죽음은 여기 있는 것도 저기 있는 것도 아니고,
모든 길 위에 있다.

죽음은 네 안에 있고 내 안에 있다,
우리가 삶을 배반하는 순간에.

__1914년 12월

신약성서의 금언을 계명이 아닌 우리 영혼의 비밀에 관한 심오한 깨달음의 표현으로 받아들인다면, 구약성서에도 나오는 "네 이웃을 너 자신처럼 사랑하라"는, 세상에서 가장 지혜로운 이 말은 삶을 살아가는 모든 기술과 행복론의 간결한 총체다. 이웃을 자신보다 사랑하지 못한다면 어떻게 될까? 그런 사람은 이기주의자, 탐욕스러운 자, 자본가, 부르주아다. 그는 돈과 권력을 얻기는 하지만 진정한 마음의 기쁨을 누리지 못하고, 지극히 고결하고 달콤한 영혼의 환희에 동참하지 못한다. 그렇다면 이웃을 자신보다 더 사랑하는 경우는 어떨까? 그런 사람은 열등감과 모든 이를 사랑하고픈 욕구로 가득 차 있지만 자기 자신에 대해서는 원한과 자기혐오가 가득한 가엾은 존재로서, 매일 스스로를 뜨거운 불꼬챙이로 지지는 지옥에 산다. 반면에 균형을 이룬 사랑은 어떤 것일까? 그것은 어디서건 죄의식 없이 사랑할 수 있는 능력이자, 누구도 빼앗아 갈 수 없는 자기 사랑이자, 자신에게 해를 입히거나 폭력을 가하지 않으면서 타인을 사랑할 수 있는 능력이다. 모든 행복과 복됨의 비밀이 이 말 속에 담겨 있다. 원한다면 이는 인도식으로 바꾸어 이렇게 말할 수도 있다. "이웃을 사랑하라. 타인은 곧 너 자신이니까!" 이것은 "타트 트왐 아시$^{tat\ twam\ asi}$"의 기독교식 번역이다. 그렇다, 세상의 모든 지혜는 이렇게 단순하고, 이렇게 오래토록 정확하고 의심의 여지 없이 언급되고 공식화되어 왔다! 그런 것이 왜 매일 우리의 것이 되지 못하고, 우리는 가끔씩만 그것을 느낄 뿐일까!

__『요양객』(1923) 중에서

노년에 관하여

　노년은 우리 삶의 한 단계로서 삶의 다른 모든 단계처럼 자기만의 고유한 얼굴과 분위기, 온도, 기쁨, 궁핍을 갖고 있다. 우리 백발노인은 젊은 형제들과 마찬가지로 우리 존재에 의미를 부여하는 나름의 사명이 있다. 심지어 침대에 누워 죽기만 기다리는 환자나 이 세상의 부름에 응하지 못하고 서서히 죽어 가는 사람에게도 완수해야 할 중요하고 필연적인 사명이 있다. 늙음은 젊음만큼 아름답고 성스러운 과제이자, 죽고 죽어 가는 법을 배우는 것은 뭇 생명의 목적과 신성함에 대한 경외심만 갖고 있다면 다른 모든 것 못지않게 가치 있는 일이다. 다만 늙음과 백발, 죽음을 증오하고 두려워하는 노인은 자기 계층의 신실한 대변자가 될 수 없다. 자신의 직업과 일상적인 일을 증오하고 회피하고자 애쓰는 강건한 젊은이가 청춘을 대변할 수 없듯이.

　요컨대, 노년으로서 자신의 의미를 완수하고 자신의 사명에 충실하기 위해서는, 나이 듦을 비롯해 그에 수반되는 모든 것을 받아들이고, 인정해야 한다. 그러한 인정 없이는, 그리고 자연이 우리에게 요구하는 것에 대한 헌신 없이는, 늙든 젊든 우리는 삶의 가치와 의미를 잃고 삶을 속이게 된다.

늙으면 병이 들고 종국에는 죽음이 찾아온다는 사실은 누구나 안다. 해를 거듭할수록 포기하고 희생해야 할 것들이 늘어난다. 자신의 감각과 힘도 더는 믿을 게 아니라는 사실을 인정해야 한다. 얼마 전까지만 해도 간단했던 산책길이 이제는 멀고 힘들게 느껴지고, 그러다 어느 날에는 더 이상 가지 못할 길이 된다. 또한 평생 즐겼던 음식도 포기해야 하는 일이 생기고, 육체적인 즐거움은 점점 드물어질 뿐 아니라 한번 누리려면 치러야 할 대가가 점점 커진다. 육신의 허약과 질병, 감각의 약화, 신체 기관의 퇴행, 숱한 통증, 특히 자주 찾아오는 불면의 밤, 이 모든 것은 부정할 수 없는 쓰라린 현실이다. 그러나 이 몰락의 과정에만 몰두해서, 늙음에도 나름의 좋은 점과 특권, 위안, 기쁨이 있다는 사실을 보지 못하는 것은 불쌍하고 슬픈 일이다. 두 노인이 만나면 빌어먹을 통풍이나 뻣뻣해진 사지, 계단을 오를 때의 호흡곤란, 그리고 늙어서 괴롭고 화나는 일들만 이야기할 게 아니라, 오직 늙었기 때문에만 겪을 수 있는 밝고 위안이 되는 일들도 함께 나누어야 한다. 그런 일은 찾아보면 상당히 많다.

만일 노년의 삶에서 이 긍정적이고 아름다운 면을 기억한다면, 그리고 백발노인은 청춘의 삶에선 별로 중요하지 않은 힘과 인내, 기쁨의 근원을 알고 있음을 떠올린다면, 굳이 종교와 교회의 위안에 대한 이야기는 꺼낼 필요가 없다. 그건 성직자의 몫이다. 다만 나는 노년이 우리에게 주는 몇 가지 선물을 감사한 마음으로 말할 수는 있다. 내게 가장 소중한 선물은 바로 이미지의 보고寶庫다. 기나긴 삶 뒤에도 마음에 품고 있고, 활동성이 떨어지면서 이전과는 전혀 다른 관심을 갖게 되는 이미지들 말이다. 60년, 70년 전부터는 이 땅에 존재하지 않는 인간들의 얼굴과 모습이 우리 안에 계속 살아 있고, 우리에게 속해 있고, 우리와 대화를 나누고, 살아 있는 눈으로 우리를 바라본다. 그사이 사라졌거나 완전히 변해 버린 집과 정원, 도시도 우리 안에 예전 그대로 남아 있고, 수십 년 전 여행 중에 본 머나먼 산과 해안도 우리 마음속 그림책에 생생하고 다채롭게 보관되어 있다. 보고 관찰하고 관조하는 것은 점점 우리의 습관이 되고, 관찰하는 자의 분위기와 태도가 우리의 모든 행동에 은밀히 스며든다. 지난 수년 또는 수십 년 동안 우리가 얼마나 많은 소망과 꿈, 욕망, 열정에 쫓겨 다니고, 얼마나 많은 기대와 실망에 빠져 조급하고 긴장되고 흥분한 채 살아왔는지를 우리는 우리 삶의 커다란 그림책을 조심스럽게 넘기며 확인한다. 그리고 우리가 지금 그런 번다한 질주에서 벗어나 관조의 삶으로 들어온 것이 얼마나 아름답고 좋은 일인지 매번 감탄한다. 여기 노년의 정원에서는 우리가 예전에는 거의 돌보지 않던 꽃들이 피어난다. 인내의 꽃과 고결함의 꽃이다. 이런 꽃들과 함께 우리는 한결 침착하고 관대해지고, 개입과 행동에 대한 욕구가 줄어들면서 자연과 인간의 삶을 유심히 지켜보고 듣는 능력은 점점 커지고, 그런 삶의 다양성에 계속 놀라면서 때로는 관심과 조용한 후회로, 때로는 웃음과 환한 기쁨과 유머로 그 모든 것을 넘기는 능력은 한층 커져 간다.

최근에 나는 정원에 서서, 땔감이 없어 나뭇잎과 마른 나뭇가지로 불을 피우고 있었다. 그때 여든쯤 된 노파가 우리 집 산사나무 울타리를 지나가다가 멈춰 서서 나를 바라보았다. 내가 인사하자 그녀는 웃으면서 말했다. "아주 잘하고 계슈. 우리 나이에는 지옥 불과 서서히 가까워져야 하는 법이지." 노파의 어투는 온갖 종류의 고통과 결핍에 대해 불평을 늘어놓을 때의 그것과 비슷했지만, 거기엔 장난기도 섞여 있었다. 대화 말미에 우리는 이 모든 것에도 불구하고 우리 마을에 최고 연장자인 백세 노파가 아직 살아 있는 한 우리 둘은 아직 그렇게 늙지 않았고, 진짜 노인도 아니라는 점에 서로 동의했다.

우리 뒤에서 한참 젊은 사람들이 우월한 힘과 무지로 우리를 비웃고, 우리의 불편한 걸음걸이와 흰머리, 힘

줄이 불거진 목을 이상하게 여긴다면, 우리 역시 한때는 같은 힘과 무지로 늙은이들을 비웃었던 것을 기억하면서, 우리가 열등하고 패배한 것이 아니라 인생의 그 단계를 넘어 좀 더 현명해지고 관대해진 단계로 접어든 것을 기뻐할 것이다.

__1952년

어느 시집에 부치는 헌시

나뭇잎이 나무에서 날리고,
삶의 꿈을 담은 노래들이
하늘하늘 흩어진다.
많은 것이 사라졌다,
우리가 부드러운 멜로디로
처음 노래를 부른 뒤로.

노래도 죽고,
어떤 음도 영원히 다시 울리지 않는다.
모든 것이 바람에 흩어진다.
꽃과 나비도
스러지지 않는 것들의
덧없는 비유일 뿐.

_1934년 5월 27일

덧없음

생명의 나무에서

잎사귀 하나하나 떨어진다.

아, 눈부시게 다채로운 세상이여,

너는 어찌 그리 배부르고,

어찌 그리 자족하고,

어찌 그리 취하는가!

오늘 뜨겁게 타오르는 것도

머잖아 가라앉는다.

머잖아 내 흙빛 무덤 위로

바람이 불고,

어린아이 위로

어머니가 몸을 숙인다.

어머니의 눈을 다시 보고 싶다.

어머니의 시선은 나의 별,

다른 모든 것은 떠나고 흩어지고,

모든 것이 죽고, 기꺼이 죽어 간다.

남은 건 우리가 나온

영원한 어머니뿐이다.

어머니의 장난스러운 손가락이

덧없는 공중에 우리의 이름을 적는다.

__1919년 2월

온갖 죽음

나는 이미 온갖 죽음을 맛보았고,
다시 온갖 죽음을 맛보리라.
수목에서는 나무의 죽음을,
산에서는 돌의 죽음을,
모래에서는 흙의 죽음을,
바스락거리는 여름 풀밭에서는 잎의 죽음을,
그리고 피비린내 나는 가련한 인간의 죽음까지.

나는 다시 꽃으로 태어나리라,
다시 나무와 풀로 태어나리라,
물고기와 사슴, 새와 나비로.
이 모든 형상에서 그리움이 나를
고통의 마지막 단계로,
인간고人間苦의 단계로
낚아채 가리라.

아, 파르르 떨리는 긴장된 활시위여,

질주하는 그리움의 주먹이

삶의 양극을

서로에게 구부리라고 요구한다면!

너는 앞으로 몇 번이고

죽음에서 탄생으로 나를 몰아가리라,

형상화의 고통스러운 길로,

형상화의 찬란한 길로.

__1919년 12월

단계들

모든 꽃이 시들고, 모든 청춘이

노년에 자리를 내주듯 삶의 모든 단계는 번성하고,

각각의 지혜가 번성하고, 각각의 미덕이

단계에 맞게 번성하지만, 영원히 지속되지는 않는다.

단계마다 마음은 이미

작별과 새로운 시작을 준비해야 한다,

후회 없이 용감하게

새로운 유대 관계를 맺을.

각 단계의 시작은 마법을 품고 있다,

우리를 보호하고 우리가 살도록 도와줄.

우리는 이 공간과 저 공간을 명랑하게 지나가야 하고,

어떤 것도 고향처럼 여겨서는 안 된다.

세계 정신은 우리가 매이고 좁아지는 것을 원치 않고,

우리를 한 단계 한 단계 끌어올리고 넓히려 한다.

우리가 삶의 한 단계에 친숙해지고

그 단계와 허물없이 지내면 늘어질 위험이 찾아온다.

출발하고 떠날 준비를 하는 사람만이
습관의 마비에서 벗어날 수 있다.

어쩌면 우리를 새로운 공간으로 보내
젊게 만드는 것은 죽음일지도 모른다.
우리를 향한 삶의 부름은 결코 끝나지 않으리니……
뜨거운 심장이여, 어서 이별하고 건강해져라!

__1941년 5월 4일

금언

너는 모든 것과
형제자매가 되어야 한다,
그것들이 너에게 완전히 스며들도록,
네가 나의 것과 너의 것을 구분하지 않도록.

어떤 별도, 어떤 잎도 떨어지는 것이 아니다.
그와 함께 사라지는 것은 너다!
그리하여 너 또한 모든 것들과 함께
매 순간 부활할지니.

___1908년 12월

미친 세상과 사랑에 빠지기

초판 1쇄 인쇄 2024년 7월 24일
초판 1쇄 발행 2024년 7월 30일

지은이 헤르만 헤세
엮은이 폴커 미헬스
옮긴이 박종대
펴낸이 정중모
펴낸곳 도서출판 열림원

출판등록 1980년 5월 19일(제406-2000-000204호)
주소 경기도 파주시 회동길 152
전화 031-955-0700
팩스 031-955-0661   페이스북 /yolimwon
홈페이지 www.yolimwon.com   트위터 @yolimwon
이메일 editor@yolimwon.com   인스타그램 @yolimwon

기획 민병일
책임편집 박지혜   온라인사업 서명희
편집 김은혜 김혜원 정소영   제작 윤준수
디자인 강희철   영업관리 고은정
마케팅 홍보 김선규 고다희   회계 홍수진

ISBN 979-11-7040-276-3 04800
ISBN 979-11-7040-275-6 (세트)